# 트리하우스

숲에서 행복하기

## 숲에서 행복하기 위한 시간들

복잡한 세상을 떠나 숲에서 2014년《1억으로 짓는 힐링 한옥》이란 책을 냈고, 8년만에 두 번째 산과 숲속 작은 쉼터 트리하우스 이야기를 만들었다.

산은 시대에 따라 명칭과 목적도 달라지는 것은 당연하다. 봉건시대에는 산(山), 개발도상국시대에는 산림(山林)으로 선진국에서는 숲(林)이다.

고려 전기인 976년에 시행된 전시과(田柴科)에서 관료들에게 곡물을 재배하는 전지(田地)와 땔나무를 공급해주는 산(시지:柴地)을 분급했던 제도로 최초로 산지를 명문화 했다.

무거운 통나무를 뗏목이나 배로 이동해야 했기 때문에 한강이나 해안가 주변의 산은 국가소유였고 그 이외의 산지는 임자가 없는 무주공산이었다. 높은 산 깊은 계곡에는 아무리 좋은 나무가 있어도 운반이 불가능하기 때문에 경제적 가치가 없었다.

1919년부터 1935년까지 실시된 임야조사사업으로 인해 산은 지적과 소유권이 명문화 되었다. 산은 마을 근처 산에서 땔감을 구하고 묘지로 사용되었고, 야생동물을 사냥을 하고, 버섯, 산채를 채취하는 정도였다. 산에서 자란 산채는 깨끗하고 약효가 있을 거라 생각한다. 당연히 산은 청정지역이어서 산에서 생산되는 것은 대부분 약초이고, 거기에 사는 사람은 신선(神仙)이고 자연인이다. 우리나라는 국토대비 산림 면적이 62.6%로 핀란드, 스웨덴, 일본에 이어 네 번째 산림국가이다. 산은 우리 생활과 불가분의 관계이고 오래전부터 땔감을 얻고 유택(幽宅)으로 사용하였다.

1940년 시작된 한국 등산이 부동의 1위 국민 여가활동이 되었다. 산에 오르면 분명코 건강증진이 되는 휴식의 장소임에 틀림없다. 등산은 산 위로 올라 정상을 통과하는 수직 과정이고, 숲 트래킹은 수평적 과정이다.

한자 휴(休)는 "사람이 나무 숲에 있으면 편하다"란 뜻이다. 숲(forest)는 for + rest로 "쉬는 곳"이란 의미이니 한자의 휴(休)와 영어의 forest는 같은 의미이다. 숲속의 쉼터를 쉘터라고도 한다. 쉘터를 shelter라 하고 한국어의 쉘터와 영어의 shelter는 발음도 같고 의미도 같은 말이다. 숲은 쉼터이고 쉘터이며 shelter이다. 숲은 수(樹)와 풀(草)이다. 교목과 관목 그리고 초본류의 식물과 곤충과 동물이 자연스럽게 공생하는 곳이다. 사람이 나무 밑에 있으면 편하지만 나무도 사람과 있으면 더 충실하게 잘 자란다.

트리하우스에 이용된 나무는 주변의 나무와는 월등하게 푸르게 잘 자라는 것을 보면 나무도 사람을 좋아하는 것이 틀림없다.

요즘은 사회적 거리가 필요하다. 나무도 사회적 거리가 필요하고 식물도 단순림 보다는 혼식, 복합림이 필요한 것은 식물학적으로 많은 장점이 있기 때문이다.

나무와 사람이 공존하면 서로에 큰 도움이 된다.


산 이름은 고려 현종 때(1018년)인 1,000년 전쯤에 공식적으로 사용되기 시작하였다. 2002년 정부가 "한국 100대 명산"을 지정했다. 제일 높은 한라산(1,947m)과 제일 낮은 홍천 팔봉산(328m)을 평균해 보면 우리나라 100명산의 평균 높이는 971.91m이다. 유럽의 경우 620m 정도를 산이라고 한다.

산은 경사가 급하고 주변 평지보다 500m 이상 높은 지형이고, 우리나라에서는 특별한 경우가 아니면 해발 고도로 1,000m 이상을 산이라 해야 할 것이다.

산의 고어는 뫼이다. 뫼는 묘와 같은 말이다. 뫼의 높인 말이 산소(山所)이다. 유교를 중시하던 시절에는 산(山)보다 조상의 묘를 높여 산소(山所)라고 한 것을 보면 산의 가치는 산보다 산조상의 묘가 더 중요했었다.

학교 공부가 재미없는 것은 미리 정해진 시간표 때문이다. 복권이나 게임은 예측이 안 되기 때문에 집중이 되고 재미있는 것이다. 배우는 것은 필요할 때 배워야 공부가 잘 된다.

숲속 생활은 시시각각 변화해서 항상 새롭고 예측하지 못한 일들이 생겨서 늘상 배울 것이 무궁무진해 지고 학습효과가 좋아진다. 숲에 살면 책을 보는 것과 같다.

숲살이는 알아서 해야 한다. 주거방식, 먹을 것, 농기구를 스스로 만들어야 하고 그래지는 곳이다. 인생8고 중에 쉴 곳을 만드는 일이 시간도 많이 들고 힘드는 일이다. 숲속에는 언제나 맑은 공기와 시원한 물이 흐르지만 개미와 사람을 해치는 천적들이 존재하고 비바람과 극한의 추위와 여름 무더위로부터 안전하게 밤을 보낼 쉘터가 필요하다.

커다란 나무 위에서 평안하게 밤을 보낼 수 있다면 숲은 정말 편한 안식처가 된다. 대낮의 땅바닥은 곤충이나 파충류와 공유해야 하지만 밤의 나무 위는 편하다. 산에서 토굴을 만들고 통나무집을 만들어 보았지만 토굴에서 현대인이 살기에는 불편하고 통나무집이나 황토집은 만들기도, 관리도 힘이 든다. 퇴임 후 나무 위에 집과 숲속 나무텐트를 만들어 보았다. 이를 토대로 새로운 숲살이가 시작되어 지난해부터는 나무텐트와 트리하우스를 일반인들에게 인터넷 예약을 받아 트리하우스 캠핑을 운영하고 있는데 이용 후기가 뜨겁다.

가을 철새들이 수천마리가 군무 비행해서 마치 커다란 하나의 새를 만들어 맹금류들에 대항을 하기 위한 군집행동을 한다. 말벌 등 천적이 오면 수만마리의 꿀벌 봉군 덩어리가 일사불란한 카드섹션 같은 파도물결과 날개로 소리를 내어 움직이는 큰 덩어리를 만들어 마치 하나의 몸통처럼 움직여서 천적을 방어하는데 매우 효과적인 군집행동이다. 위기에 힘 없는 작은 개체는 뭉쳐야 한다. 요즘 MZ세대들은 스마트폰으로 한 덩어리처럼 움직인다. 도시에 있든 깊은 산속에 있든 이제는 나약한 인간이 아니고 커다란 군집의 효과를 낸다. 트리하우스 캠핑이나 나무텐트의 영상이 유튜브나 개인 sns를 통해 전국으로 퍼지는데 순식간에 100만 뷰를 기록하기도 한다. 요즘은 사진빨이 좋아야 하고 그 행동을 따라하는 방식으로 놀이를 하는데 파급효과는 대단하다.

　각 나라마다 대표하는 나무가 있다. 일본은 히노끼이고 한국은 소나무이다. 왜선은 가볍고 만들기 쉬운 편백과 대나무로 배를 만들고 판옥선은 든든한 소나무로 만들었다. 〈명량〉 영화에서 충파라는 전법이 나오는데 배끼리 충돌하는 전법이다. 히노끼(편백나무)로 만든 세끼부네와 소나무로 만든 판옥선이 부딪히면 백전백승이었다. 임진왜란의 승리는 이순신과 화포 그리고 소나무의 콜라보(collaboration) 때문이다.

2021년부터 대한민국은 선진국으로 편입이 되었다. 산과 산림보다는 숲을 보아야 한다. 산을 소유하고 경영하는 임업인들은 나무를 심어 70년이 되어야 수확이 가능하다.

바다와 숲이 기후변화를 대응하는 중요한 대상으로 받아들여지고 있다. 이제 새로운 숲의 기능을 살려서 활용해 볼 시점이다.

50년 산주로 살면서 나무를 심고 숲을 가꾼 경험과 통나무집, 트리하우스 캠핑, 나무텐트에 대한 기록을 남기고 다음 누군가 좀 더 발전된 멋진 숲 이용방법을 만들어 주기를 바란다. 그동안의 경험과 쉼터를 후대에 전달하고자 한다.

## 트리하우스에서 편안하고 건강한 휴양을

숲속에서 상쾌한 공기를 마시면서 신선처럼 사는 것. 누구나 한 번쯤은 꿈꾸었을 상상이다.

저자는 홍천에서 산림조합장까지 역임했다. 나무를 자르고 손질하는 것이 꿈이어서 목공소를 만들 정도로 산에 관한 한 누구도 뒤지지 않을 만큼 많이 아는 분이다. 그렇게 만든 집이 트리하우스. 나무로 만든 집 한 칸. 참으로 운치가 있다. 때때로 우리는 숲속에서 한평생 살기를 원하거나 그 속에서 도심의 고단함을 잠시 부려놓는 휴양을 원한다.

산림청 통계에서 산림을 소유하고 싶은 가장 큰 이유가 산림을 통한 생산이나 소득창출이 아니라 전원생활을 위한 휴양과 별장용지로서 그 비율이 49%나 됐다. 고령화 시대에는 편안하고 건강하게 머무는 장소가 필요하다. 작가의 꿈과 열정이 담긴 트리하우스는 은퇴와 건강, 그리고 휴양을 위한 공간이다.

작가의 발전과 영광을 응원하며 트리하우스의 야경에 하룻밤 취해보시길 권한다.

(사) 한국산림경영인협회 회장_ **박정희**

## 숲, 우리가 자연에서 배워야 할 소중한 가르침

홍천 깊은 산속에서 나무 위에 집짓고 유유자적하며 산사람으로 살아가는 그에겐 참 별명이 많습니다. 나무철학자, 나무독립군, 자연철학자, 트리하우스 짓는 나무꾼….

그가 일구는 숲에서 행복하게 사는 이야기는 우리가 잊고 있었던 자연과 함께 어우러져 살아야 할 '인간의 존재이유'에 대해 많은 것들을 생각하게 합니다. 어떤 이들은 자연과 벗 삼는다면 휴식과 캠핑에 방점을 찍기도 하고, 어떤 이는 유유자적한 편안한 삶의 방식에 공감을 보내기도 합니다. 하지만 우리가 나무철학자의 삶에서 잊지 말아야 할 것은 '무엇을 얻었는가' 보다는 '어떻게 살 것인가'에 대한 존재론적인 성찰이 아닐까 합니다.

소나무가 울창한 야트막한 산을 배경삼아 트리하우스를 짓고 자연 속에서 분주히 하루를 나는 그의 집엔 울도 담도 없습니다. 그이를 만나 인사를 나누고 산지도 한 이십 여 년 넘었습니다. 눈매가 순하고 지혜로워 보이는 그이는 늘 웃는 표정입니다. 반백의 머리카락은 쓰다듬지 않은 그대로 늘 헝클어져 있고, 입성도 남들 신경 쓰지 않는 편한 복장에 여름에는 반바지에 샌들, 겨울에는 두터운 운동화에 헐렁한 작업복입니다.

그가 산속 생활에서 얻어낸 이야기를 들려주고 싶은가 봅니다. 채반에 널어놓은 명이나물처럼, 산처럼 싱싱한 산딸기와 두릅나무처럼, 마음의 밥상을 풍요롭게 할 거리를 한껏 차려놓고 우리들을 초대합니다. 자연을 휴식과 휴양의 쾌적한 무대로만 여기는 우리에게 자연과 온전히 관계하는 비결을 알려주는 글을 소개하려는 게지요.

그는 우리가 숲이라 부르는 그 산의 나무들은 한 무더기의 정물(靜物)이 아니라 헤아릴 수 없을 만큼 철저히 개별적이면서도 저마다의 우주를 갖는 무수한 생명체들의 숨결이 가득한 삶의 우듬지라고 합니다. 그래서 그에게 들녘의 길섶에 핀 이름 모를 들꽃도, 도랑가에 제멋대로 자란 보잘것 없는 잡초도 다 그들만의 절실한 삶의 터전임을 숲은 그대로 가르쳐 준다고 합니다.

자연 속에서 어우러지는 뭇 생명들은 스스로 떠나지 않으면서도 많은

17

것들을 벗어버리고 떨쳐낼 수 있는 존재이며, 있을 때와 물러날 때를 알아 한 점 아쉬움 없이 자연으로부터 잊혀질 수 있는 진정한 자유의지를 지닌 존재라고 합니다.

산속을 흐르는 계곡 물소리는 얼마나 힘차고 흥겨운지, 숲을 지나온 바람에서 어떤 향기가 나는지, 한밤 풀벌레들의 합창 소리는 얼마나 감미로운지를 자연 속이 아니라면 결코 깨달을 수 없습니다.

그가 정성으로 가꾼 숲속 트리하우스엔 찾아오는 이들에게 휴식과 안식을 허락하는 자연의 넉넉함을 선사하며, 우리 가까이에 더 많은 숲을 만들어주고 자연 속에서 지낼 수 있는 시간을 넉넉하게 허락하고 있습니다. 그곳에 가면 우리가 사는 세상도 숲을 닮은 넉넉하고 아름다운 모습으로 가득해질 수 있겠다는 작은 내면의 울림을 담아올 수 있습니다.

그리고 그 숲에서 가장 행복한 인간으로 살아가는 내 가장 친한 벗이자 나무철학자인 서경석 박사가 있습니다.

(사) 한국임업후계자협회 회장_ **최무열**

# 차례

## Chapter 2. 숲속 트리하우스는 자연 힐링쉼터

# Chapter 3. 나무독립군의 뜨거운 숲생활

## Chapter 4. 나만의 트리하우스 만들기

Chapter **1**

# 숲에서 행복 찾은 나무철학자

## 나무철학자의 숲속 놀이터 · 쉼터 · 배움터

강원도 홍천, 시원한 풍광을 자랑하는 가령폭포를 지나 수풀이 무성한 숲속으로 향한다. 유난히 추웠던 지난 겨울을 잘 견뎌낸 숲에선 겨울의 수고를 위로해 주기라도 하듯 요즘 한창 고로쇠 수액이 철철 흘러나온다.

지금은 트리하우스며 주변 산이며 목재창고가 모두 내 분신이 되었지만 숲이 나에게 산중 놀이터가 되고, 편안한 쉼터가 된 지는 그리 오래 되지 않았다. 무엇보다 숲에서 자라는 모든 동식물들을 유심히 들여다보고 있노라면 책 몇 권으로는 어림도 없는 자연이 주는 깊은 성찰과 깨달음의 시간이 하루에도 몇 번씩 내 가슴을 훑고 지나간다.


새소리, 바람소리, 물소리로 시작하는
숲 산책자의 하루


오늘도 새벽 미명을 헤치고 트리하우스 뒷산으로 한발 한발 발걸음을 옮긴다. 고로쇠나무가 산허리쯤 얕은 능선에 자리하면 좋으련만 숲에선 어림없는 소리라는 듯 깎아지른 7부 능선 주변으로 둥지를 틀고 자리 잡고 있다. 아무도 디딘 적 없는 새벽 어스름의 숲의 표정은 신비와 경이로 가득 차 있다. 새벽안개 속에 가려진 어슴푸레한 미명 너머엔 이슬을 머금은 풀잎이며 잔뜩 물이 오른 나뭇가지 새순이 첫 발을 디딘 산책자에게 조용한 미소를 보낸다. 트리하우스 숲속은 언제나 그 자리에 있지만 새벽과 아침, 점심, 해질녘의 감성은 저마다 다 다르게 다가온다. 고요한 산속의 적막을 깨는 싱그러운 새소리는 숲 산책자의 또 다른 즐거움이다. 이 숲에선 딱새, 솔새, 뱁새가 하루 종일 서로 다른 옥타브로 숲의 전령사 역할을 톡톡히 수행한다. 아직은 먼동이 트지도 않았는데 벌써부터 청아한 소리로 지저귀는 새들의 노랫소리에 숲은 한층 더 깊어진 자연의 풍경을 연출해낸다. 겨우내 깊은 정적에 잠들었던 숲은 이렇게 낯선 불청객의 출연만큼이나 늘 새소리며 나뭇가지 부비는 소리, 바람이 지나가는 소리, 얼음장 밑으로 흐르는 물소리로 이제 자연의 모든 생명이 깨어나야 하는 봄이 왔음을 온몸으로 알린다.

겨우 고로쇠 수액 한번 채취하러 온 낯선 이방인에게 숲은 저마다의 소리로 생명의 신비함을 전한다. 그렇게 가만히 숲의 소리를 들으며 지나온 50년이 주마등처럼 스쳐지나간다. 아주 오래전 애기처럼 아득하고 막막했던 어린 시절의 '산주'로의 운명을 받아들였던 시간만큼이나 누구보다 열심히 산에서 살며 산을 마음으로 받아들였던 지난 시절들이 나에게 숲에서 머무는 법을 가르쳐 주었다.

산중 놀이터에서 즐기는
산 친구들과의 꿀 같은 시간


　며칠 전 어릴 적 개구쟁이 친구로 지나며 볼 거 못 볼 거 다 본 오랜 지기들이 나를 찾아와 오랜만에 산중 놀이터에서 시간 가는 줄 모르고 놀았다. 이제는 세월의 무게를 머리에 하얗게 얹은 친구 녀석들이 서로 조 사장, 서 교수 하며 간만에 숲속 바위틈에 묻어둔 벌통에 가 벌집을 녹이고 굳히며 한낮의 녹음 속에서 밀랍 떡 만들기에 정신없이 빠져든다.

　　*"어이 조 사장, 잘 굳었어?"*

　　*"정말 기가 막히게 잘 굳었어."*

*"색깔이 아주 노란 황금색이야, 하하"*

밀랍 떡은 옛날부터 홍천 산골에서 자주 해먹던 떡이다, 먼저 뭉근한 불에 참기름과 밀랍을 넣고 녹여 고소한 밀랍물을 만든다. 그걸 떡판에 부어 골고루 펴 바르고 떡메를 치면 떡판에 발랐던 밀랍이 자연스럽게 떡에 스며든다. 지켜보던 친구가 신이 나서 한마디 거든다.

*"이거 참, 떡이 붙질 않네. 이게 정말 꿀떡이군. 떡이 요렇게 찰지고 맛난 건줄 몰랐구만."*

나는 친구들의 성화에 한층 신이 나 이왕 해먹는 거 제대로 모양내 보자며 떡살에 밀랍물을 입혀 제대로 떡 모양을 낸다. 거기에 꿀

농부의 호사를 덧칠해 벌집꿀떡을 완성한다.

*"와, 이게 그 말로만 듣던 꿀떡이군, 꿀떡이야. 옛날에 어머니가 해주던 그 꿀떡처럼 입에 짝짝 달라붙는군, 달라붙어."*

셋이서 반나절을 꼬박 공들여 만든 꿀떡 한 덩이로 숲속 오후는 시간가는 줄 모르고 석양녘으로 저물어간다. 오늘은 내친 김에 산이 주는 선물을 친구들과 마음껏 나누기로 한다. 늘 가던 숲길로 몇 걸음 다가서자 산이 키운 15년산 산양삼이 눈에 들어온다. 큼직한 산양삼을 토종꿀에 듬뿍 찍어서 송이에 쌈을 싸 먹으니 산속의 보물 세 가지를 합친 송·삼·꿀 삼합이 완성된다. 이 정도면 홍천 산꾼들의 망중한도 어느새 최고의 밥상으로 격상되는 순간이다.

이제 오늘의 마지막 산 진미를 맛볼 차례만 남았다. 준비해 둔 긴 쇠줄에 냄비를 걸어 장작불 위에 올린다. 언제 주워왔는지 다른 녀석은 돌멩이를 한아름 안고 오고 나는 솥에 걸 흙을 채운다. 세 친구가 투덕투덕 요모조모 손 맞춰 장작불에 불을 붙이고 솥에는 산에서 주워온 송이며 산삼, 홍천 잣을 차곡차곡 쌓아 영양밥을 짓는다. 이제 산중 놀이의 마지막 하이라이트다. 산이 준 선물을 오롯이 즐길 시간만 남았다.

*"오매, 이 좋은 걸 내가 먹으라고."*

*"이게 최고 좋은 삼 같으니 자네 드시게."*

*"고맙습니다."*

*"그럼, 형 말 잘 들으면 자다가도 떡 먹을 일만 생기는 거야."*

*"와! 밥이 정말 잘됐네요."*

음식으로 못 고치는 병은 약으로도 못 고친다고 했던가. 향긋한 송이향 맡으며 소나무 가득한 숲에서 느지막이 먹는 홍천산 영양밥맛이 정말 꿀맛이다. 홍천산골 진미 한상이 제대로 차려졌다. 세상 어딜 가서 이런 걸 먹어보겠는가. 오늘도 친구들과 어울려 산중 꿀떡 놀이에 머리 허연 촌로들이 어린애마냥 천진난만하게 깔깔대며 하루해가 저문다.


## 트리하우스,
## 나무철학자의 숲속 쉼터


나무 위에 집을 지으면 여름에 나무 밑은 더 시원하다. 사람이 나무 옆에 있으면 편하다. 그래서 쉴 휴(休) 자가 사람( 亻 )이 나무(木)에 기대고 있는 모습을 형상한 한자가 아닌가. 시원한 나무 밑에 있기만 해도 좋은데, 나무 위에다 집을 지으면 말해 무엇 하겠는가.

그렇게 짓기 시작한 트리하우스가 지금은 다섯 채. 쓸고 닦고 조이고 칠하고, 나이 먹어 쉬엄 쉬엄 살려고 산촌으로 들었지만 오늘도 일복이 터진 하루는 여지없이 나를 가만두지 않는다. 그래도 온몸이 쑤시고 찌뿌드드할 땐 트리하우스에 누워 들창을 열고 바람에 실려 오는 싱그러운 공기에 젖어본다. 여기 있으면 세상 무엇도 부럽지 않다. 공기 좋고 물 좋고, 신선의 집이라고 해도 손색이 없다. 숨만 들이쉬면 힐링이고 내쉬면 휴식이다.

어떤 집에 사는가에 따라 먹는 것도 달라지고 생활방식도 달라질 수밖에 없다. 숲속 나무 위에 집을 짓고 산다면, 몸은 고되지만 정신과 마음은 또렷이 맑아온다.

나는 숨어 사는 자연인도 좋지만 산속에서 일거리를 만들어 사람들이 오게끔 하고, 그 사람들과 재밌게 놂으로써 즐거운 일터이고 좋은 수익처이며 훌륭한 배움터가 돼 고향에서 잔뼈가 굵은 친구들과 함께 즐겁게 산사람으로 유유자적하고 싶다. 숲속에 있으면 숲은 일터이고, 시원한 계곡에 발을 담그면 그곳은 쉴터(shelter)이다.

쉴터를 사전에서 찾아보면 인간생활의 세 가지 기본 요소 중에

비바람을 막아주는 '주거지' 라고 나온다. 쉼터를 쉘터라고도 하며 shelter는 발음이 '쉘터'이다. 의미도 '거처' '대피소' '피난하다' '숨다'로 같다. 산에서 야영을 할 때 사용하는 이동식 텐트도 쉘터이고, 임시로 치는 비가림막 또한 쉘터이다. 좀 더 명확하게 세분하면 캠핑을 할 때 바닥이 있으면 '텐트', 바닥이 없는 텐트는 '쉘터'이다.

## 숲에서 지속가능한 삶을 살아가기 위한 선택, 트리하우스 숲캠핑

산에서 나고 자란 고향 친구들과 숲에서 청정자연을 즐기며 지속가능한 여백의 일상을 영위하기 위해서는 수익이 있어야 한다. 숲에서 나는 수익을 가지고 다시 숲에서 즐길 거리를 만들어야 숲사람들이 숲에서 떠나지 않아도 되는 것이다.

산에서 나는 1차 수익은 생각보다 넉넉하지 않다. 산에서 잣을 따거나 버섯을 따서 나는 수입은 1년 수입이다. 나무를 심고 베서 가공해 목재를 만드는 수입은 50년 수입이다. 물론 산에서 나는 산물은 매일매일 돈이 나오는 원데이 수입이라 작은 벌이는 된다.

산에선 1차 산물과 2차 가공 산물밖에 얻을 게 없으니 산 환경에선 생존이 어렵다. 결국 산을 좋아하고 산에서 더불어 살아남기 위해서는 1차 산림산업과 2차 가공산업에 3차 서비스산업을 결합해 부가가치를 창출하고 자본을 남겨야 숲사람으로서 하고 싶은 것을 지속적으로 할수 있는 것이다.

산에 나는 산물(産物)에 사람의 머리와 서비스가 합쳐진 3차 산업을 보태면 매일 수입이 나오고 목돈이 생기며 지가(地價)도 높아진다. 트리하우스 숲캠핑 사업이 바로 그런 사업이다.

산사람으로서 내가 좋아하는 일을 계속 하기 위해선 산의 일부를 남들이 좋아하는 걸 하면 된다. 남들이 좋아하는 일을 해야 돈이 된다. 그러면 내가 좋아하는 도마도 만들고 나무도 켜며 친구들과 산중 놀이터에서 노는 일들을 계속 할 수 있다. 자본주의 사회의 숲살이는 결국 돈이 돼야 지속적으로 할 수 있는 것이다.

그래서 내가 가지고 있는 산 중 농경지 위쪽의 완경사 산지를 활용해 3천 평 정도 숲속 야영장을 만들어 산속에 놀이터, 쉼터, 일터를 만들었다. 산의 10% 정도를 활용할 수 있다면 아주 좋은 산림 이용이다. 나는 산을 너무 많이 개발하면 산림 훼손이 되고 관리도 힘드니 97%는 보존하고 3%만 개발하기로 했다. 자연 생태계에 가급적 영향을 주지 않고 자연 그대로 살릴 수 있는 산 이용을 하고자 했다. 나무도 있는 그대로 두고, 나무 위에 집을 짓고자 했다. 작업로 옆 인도 옆에 데크를 만드는데, 지형이 낮으면 조금만 평탄화해서 우드데크를 만들고 집은 나무 위에 지어서 바람의 흐름도 좋게 하고 공기의 흐름도 원활하게 해 나무의 생육과 자연 생태계에 영향을 주지 않으면서도 평당 수익을 얻을 수 있도록 해보자고 했다. 그것을 3%만 자연을 이용해 만들어보자는 것이다. 토석을 훼손하거나 돌을 깎거나 나무를 해치지 말고 그대로 이용만 하자는 것이다. 그것이 내가 트리하우스 숲캠핑을 하는 최소한의 산림 이용방법이다. 20년이 지난 지금에 와서 비교해 보면 오히려 3% 이내의 숲속 야영장 부지 내의 나무의 성장과 비대가 눈에 띠게 성장을 했다. 자연 속 97%의 숲은 나무의 밀생이 촘촘해져 토양영양의 공급경쟁이 심해졌고, 햇빛과 바람의 통행이 원활하지 않아 성장이 더뎠다. 그런데 3%의 개발지는 수목 밀도가 적어서 토양에서 얻어지는 영양이 충분하고, 햇빛과 공기의 흐름이 원활해졌다.


숲에서 배우는
자연과 인생


산에는 시시각각 변하면서 새롭고 신기한 것이 많다. 산에서도 책을 보고 쓰는 것을 좋아한다. 2000년대에는 다음 카페와 블로그에 일기를 쓰듯이 글을 썼고, 최근에는 페이스북과 유튜브를 한다. 산에서 오래 머물면 사실상 책 읽는 효과가 난다. 한창 공부를 할 때는 열심히 책을 읽었는데 숲에 오래 머물다 보니 자연스럽게 책보다 더 귀한 자연 공부를 하게 되었다. 이제 이 숲과 트리하우스에서 나는 인생과 자연을 배운다. 가만히 숲과 나무와 바람과 하늘이 자연스럽게 흘러가는 걸 보면서 하루가 다르게 깊어가는 자연의 속살을 느끼며 새삼 산다는 게 신기하게만 느껴진다. 누가 인생이 허무하고 덧없다 했는가. 산에 나무를 심어 보시라. 인생은 보람차고, 수십 년이 지난 지금도 의욕에 넘치고, 해 지는 게 아쉽고 해 뜨기가 기다려진다. 숲속 트리하우스는 나만의 배움터이고 일터이고 놀이터이다.

산은 하루에도 수십 가지 모습으로 변하고 봄여름가을겨울 제각각의 때깔을 입힌 자연을 연출해낸다. 산에 가서 새로운 걸 느끼며 나무의 특성과 들풀의 성질을 깨우치다보면 자연이 곧 인간임을 깨닫게 된다. 어차피 불교에서도 최종목적은 자연이라고 하지 않았던가. 사람은 돌고 돌아 회귀하는 자연이 되는 것이고, 그렇게 인간은 자연을 닮아가는 것이다.

산사람은 숲속에서 그대로의 자연도 배우면서 가만 있지 않고 숲에서 얻을 수 있는 걸 얻고자 한다. 내가 산주라고 해서 등기부상으로 산을 소유하는 게 아니라 새로운 일을 만들고 함께할 숲벌이도 연구하며 지속가능한 숲에서의 즐겁고 의미 있는 터전을 만들려고 고민하고 모색하는 산중모색이 내 남은 인생의 전부가 될 것이다.

## 산을 잘 가꾸고 산을 잘 지켜라

숲에서 불어오는 바람은 하루 중에도 시시때때로 다른 바람으로 다가온다. 해가 날 때면 바람은 아침부터 저녁까지 산 아래에서 산 위로 불어가고 해가 떨어지면 차고 시린 바람이 산 위에서 밑으로 내려간다. 바람은 오전이면 산들바람으로 불다가 오후가 되면 바람이 세지고 해가 떨어지면 바람은 멈춘다. 가만히 숲에서 바람의 방향을 지켜보고 있으면 그 세기와 동요가 시시각각 변하는 시점을 미세하게 느낄 수 있다. 바람의 방향과 바람의 움직임은 계절이 변하는 것처럼 제멋대로 불어대다가도 멈춰야 할 때가 되면 언제 그랬냐는 듯이 미동조차 하지 않는다. 숲에서 나무로, 나무에서 계곡으로 흐르는 바람은 때에 따라 딱 그만큼의 움직임을 허락한다. 오랜 숲살이로 터득한 자연의 법칙은 바람은 막는다고 멈추는 게 아니라 기다리면 멈춘다는 것이다. 바람의 지혜는 나에게 기다릴 줄 아는 자연의 이치를 가르쳐주었다. 사계절은 철마다 색색으로 다르게 입혀지고 붉게 물든 짧은 숲의 영화(榮華)가 지나면 길고 긴 조락(凋落)의 시간을 견뎌야 결실의 계절에 다다를 수 있다는 것을 알게 해주었다.

나에게 산에서 견딘 시간은 그렇게 자연의 이치가 말해주는 길고 긴 조락의 견딤이었고 기다려야만 할 자연의 지혜를 배우는 시간

이었다. 숲에서 불어오는 바람소리처럼 나직이 들려오는 할아버지의 바람도, 안타까운 시선으로 나를 보시는 아버지의 바람도 이제는 어느 정도 이해할 나이가 되었건만 아직도 산을 다 이해한다고 말하긴 이른 서툰 나무철학자이다.

## '산을 잘 가꾸고 지켜라'는 의미

　나무독립군으로 살아온 60년의 세월 속에서 나는 요즘 부쩍 50년 전 할아버지가 손주에게 술 한 잔을 주시면서 건넨'산을 잘 지켜라'는 말씀이 내 삶을 지명(指命)한 의미심장한 한마디가 아니셨을까 하는 생각을 자주 하게 된다. 그렇지 않고서야 국민학교도 들어가기 전부터 '산주'의 운명을 살아내야 했던 내 인생을 어떻게 설명할 수 있을까.

산에서 나고 자란 산사람의 숙명은 홍천 산골서 태어나 6.25 전쟁을 치렀던 아버지의 아픈 상처로부터 시작됐다. 아버지는 6.25 전쟁 때 입대하셔서 곧바로 전투에 투입되셨는데 1년이 조금 넘어 두 다리가 절단되는 중상을 입으시고 의가사 제대를 하셨다. 할아버지는 오대 독자인 아들이 그 모양으로 전쟁터에서 돌아오자 몇 날 며칠을 술로 화를 다독이셨다고 한다. 그렇게 아픈 시절의 상처가 차츰 아물어 갈쯤 어머니를 만나 결혼을 하셨고 나를 낳으셨다. 할아버지는 아버지가 집안을 부양하긴 어렵겠다고 판단하셨던지 내가 국민학교도 가기 전의 어느 날 내게 술 한 잔을 주시면서 '산을 잘 지켜라'는 한마디 당부의 말씀으로 손주에게 산주의 명을 내리셨다. 그때 어린 나이의 내가 이해한 '산을 잘 지켜라'는 할아버지의 속내와는 사뭇 다른 의미였다. 당시 산을 잘 가꾸라고 한 건 '산=묘'의 의미를 잘 새기라는 말로 요즘으로 치면 '산소를 잘 지키라'는 의미였으리라. 산의 고어가 '뫼'였으니 그 말은 곧 산소를 의미하는 것이었으니까.

50년 전만 해도 산들은 죄다 민둥산이어서 산의 가치는 나무의 가치밖에 없었다. 산의 가치는 크게 토지에 대한 가치와 나무나 돌멩이 같은 산림자원의 가치가 있을 텐데 당시엔 요즘 같은 토지의 개념보다는 오로지 나무의 재산 가치밖에 없었다. 당시만 해도 전쟁 후라 사람들이 나무를 베서 땔감으로 땠던 시절이라 대부분 헐

벗은 민둥산뿐이었다. 그때는 산의 재산 가치라야 나무가 전부라서 나무가 좋으면 땅은 덤으로 주는 그런 시절이었다. 그러다보니 산주라 해야 부담만 되고, 세금만 내는 자리라 크게 선호하지 않던 때였다. 강원도 홍천 두메산골의 산주가 돼서 해야 할 일은 마을에 할당된 부역을 나가는 것이었다.

1960년대엔 전쟁이 끝난 뒤라 마을마다 할당된 부역이 무척 많았다. 이 골짜기의 소나무를 꺾어다 개울을 막고, 솔잎과 흙과 돌멩이를 덮어서 개울을 막아 보(洑)도 쌓아야 했다. 산의 나무를 간벌하는 일도 마을 별로 할당해서 해내야 했다.

홍천은 전형적인 산림지역이라 지역에서 나무를 심어서 묘목을 만들어 납품하는 사람들이 많았고, 대부분의 주민들은 산에 가서

나무를 심고 산에서 나는 나물을 캐서 먹고 살던 시절이었다. 그렇게 녹화사업을 하면 나라에서 주는 밀가루도 받고, 설탕도 받고 하면서 생필품도 구하고 딱지도 챙겨 일정 수익을 올리곤 했다. 처음에는 마을에 딱지 있는 사람들이 많았는데 점점 딱지를 갖고 있는 사람이 없어졌다.

그렇게 멋모르던 어린 나이 땐 나도 나무를 많이 심으면 뭐라도 얻을 게 있을 줄 알았다. 그런데 내가 할아버지 나이가 돼서 보니 그때 나무를 심어서 돈을 모을 수는 없었다는 걸 알게 되었다. 우리가 산에 나무를 심는다고 금세 돈이 되는 게 아니었다. 오십 년을 심어도 수익은 나지 않았다. 지금은 목재의 가치보다는 땅의 가치가 더 커져서 부동산의 가치도 제법 있지만 그때는 산에다 무얼 심는다고 수익이 생길 리 없는, 산림의 가치가 거의 없던 시절이었다.

그래도 할아버지의 유지는 잘 받들어야 했기에 그 산을 50년 이상 공정하게 가꾸며 살았다. 1971년 6월부터 가지고 있었으니 어느덧 50년을 산을 지키는 산주로서의 삶을 살았다.


산주의 자격으로,
임업전문인으로 살아온 길


2022년이면 산주가 된 지 51년이 되는 해이다. 국민학교도 들어가기 전부터 산촌마을의 온갖 부역이란 부역은 다 가고, 산림녹화

사업에도 열심히 참여하다 보니 어느새 나는 남들이 말하는 소위 '전문임업인'이 돼 있었다. 그리고 산주의 자격으로 2001년에 홍천군 산림조합장 선거에 도전해 43세에 누구도 예상하지 못했던 산림조합장에 당선되게 된다. 그 후 젊은 조합장의 열정으로 열심히 조합을 이끌어 전국 최고의 실적을 올렸고, 지역조합 중에서 운영이 가장 잘 되는 조합으로 소문이 나면서 전국에서 견학을 오는 정도로 조합을 발전시켰다. 젊은 조합장이 열심히 잘한다고 전국에 소문이 나면서 2004년에 산림조합중앙회 상임감사 선거에 출마를 하라는 권유를 받아 46살에 산림조합중앙회 상임감사에 도전해 9대 상임감사에 당선된다. 이후 산림조합중앙회 상임감사도 내리 3연임을 하게 된다. 약관의 나이에 임업의 요직을 맡을 수 있게 된건 다 '내가 산주여서' 산림 관련 단체의 임원이 될 자격이 있었기 때문일 것이다.

산림조합중앙회 상임감사로 한창 활동할 때는 이명박 정권 시절로 당시 이명박 대통령은 해외자원외교의 차원에서 인도네시아에 목재 수출입을 위해 많은 자금을 투자했다. 당시 목재 수입을 주로 하던 나라는 베트남과 인도네시아였다. 특히 인도네시아는 최대 수출 품목이 목재였다. 당시 이명박 대통령은 동남아 자원외교를 하면서 인도네시아에 1천억 정도로 목재에 투자를 했다.

필자는 산림조합중앙회 상임감사로 재직하면서 목재 수출입 관계로 여러 번 인도네시아를 갔었다. 필자가 인도네시아도 가고 인도네시아 장관이 우리나라에도 와 식사도 하고 산림 업무도 서로 나누면서 친해지자 장관에게 평소 제안하고 싶었던 걸 제안했다. 어느 날 장관에게 인도네시아는 목재 때문에 먹고사는 나라인데 왜 식목일이 없냐고 물어봤다. 그러면서 우리나라 식목일은 전 국민이 나무를 심고 하루 쉬면서 청와대에서 대법원장, 대통령, 국회의장 등 3부요인이 초등학생과 함께 나무를 심는 날이라고 귀띔해 주었다. 그러면서 인도네시아도 식목일을 국경일로 만들어 온 국민이 나무 심고 숲을 가꾸는 날로 기리라고 권했다. 장관은 '그것 참 좋은 아이디어'라고 하면서 나무는 인도네시아의 대표 상품이니 국가 차원에서 검토해보겠다고 했다. 얼마 후 인도네시아에 식목일이 제정됐으니 산림조합중앙회 임원을 하면서 가장 의미 있는 사업 중 하나가 이 일이 아니었나 하는 생각도 든다.

베트남은 우리와 아주 오래전부터 산림 사업을 함께 해온 나라였다. '70년대 베트남은 공산국가여서 자유 진영 국가와 공식적으로는 서로 방문이 안 되는 나라였다. 2005년 베트남에 산림 사업 감사를 간 적이 있었다. 그런데 공산주의 국가라서 그런지 한국으로선 고위직이랄 수 있는 우리 임원들의 방문에 베트남 산림청 담당자는 우리를 보는 둥 마는 둥 하면서 소홀히 대했다.

그 후 내가 베트남 산림 관련 임원들을 권유해 한–베트남 교류를 통해 양국의 인식을 바꿔주는 역할을 했다. 베트남은 오래 전부터 우리와 산림 관련 사업을 해왔던 나라라 좀 더 활발한 교류가 필요하겠단 생각에 베트남 사람들을 초대하면 좋겠다고 했다. 그렇게 몇 번을 서로 교류를 하면서 베트남 사람들을 재초청해서 홍천군 산림조합, 설악산이나 강원랜드, 현대자동차 등을 견학시키고, 우리 목재공장도 구경시키면서 자연스럽게 우리도 베트남 사람들에 대해 호감을 갖기에 이른다. 이후 그들을 새마을운동본부 연수원에 연수를 시킨 게 계기가 돼서 한국과 베트남 간 교류가 본격적으로 물꼬를 트게 된다. 그때부터 정부 교류보다는 민간 차원의 교류가 더 활성화돼 실질적인 사업 교류가 활발해지게 되었다.

베트남은 나무 수출입 사업이 인도네시아보다 훨씬 오래된 나라였다. 베트남은 임업 회사들이 대부분 국영으로, 우리나라 산림청 같은 성격의 국가 소유 회사였다. 당시 베트남은 가난하던 시절이라 우리가 돈을 대고 베트남 사람들이 베트남에 나무를 심었다. 베트남 주민들이 나무를 심고 관리를 하면 5년이나 10년 후에 우리가 그 나무를 가져오는 식이었다. 우리가 투자를 하고 현지(베트남)에서 나무를 키우고 나중에 쓸 만한 나무가 되면 우리가 가져오는 식의 사업은 베트남에서 먼저 했었다. 베트남은 인도네시아보다 30년 전부터 우리와 나무 사업을 벌여왔다. 당시 내가 베트남에서 한 역할은 주민들과 행정기관이 나무 수출입 사업이 잘 될 수 있도록 중간에서 원활한 윤활유 역할을 하는 것이었다.

당시 베트남에서 오는 나무를 계산해 보고 우리나라가 나무값이 더 싸다는 걸 알았다. 외국에서는 10cm 이상만 되면 켜서 빠레트를 만드는데 우리는 30cm가 넘어도 사용하질 않는다. 그때 베트남에서 원목 수출입 사업에 관계하면서 우리 나무가 너무 많이 버려지는 걸 알고는 우리 나무를 활용할 수 있는 방법이 뭐가 있을지를 고민하기 시작했다. 베트남에 가서 그 나라 원목 활용법을 보면서 우리나라 나무도 활용할 수 있는 방법을 더 많이 찾아보게 되었다. 그때 우리 나무의 자급률이 워낙 낮았는데 산림조합중앙회 상임감사를 하면서 목재 자급률을 높이기 위해 여러 가지 방안을 제안했던 것도 오늘의 신한옥이나 트리하우스에 우리 목재를 활용하게 된 계기로 작용했다.


홍천의 산림자원을 효율적으로
활용하는 방안을 강구하며


홍천군 산림조합장을 거쳐 산림조합중앙회 상임감사로 3번 연임하면서 우리의 임업환경에 대해 보고 느낄 수 있는 기회가 많았다. 그 후 산림경영인협회 부회장, 한국감사협회 회장을 겸임하고 홍천군정 농림분과위원장, 홍천한옥학교장으로 활동하면서 폭넓은 인적자산을 바탕으로 홍천군과 중앙부처를 연결해 홍천의 산림자원을 효율적으로 활용하는 다양한 방안을 강구해 왔다.

오로지 '산'만 생각하고 '산'에서 생활하는 임업인이 갖춰야 할 덕목은 '성실'밖에는 다른 게 없었다. 산을 가꾸는 데는 어떤 특별한 비법이 있는 것이 아니었다. 산주가 부지런한 만큼만 산이 돌려줬다. 우리나라의 독림가, 임업인들은 사실 경제적인 이익보다는 각자의 철학과 보람 때문에 이 일에 종사한다고 해도 과언이 아니다. 그만큼 사명감을 갖고 이 일을 해야 하는 것이 어떻게 보면 안타까운 부분이기도 하지만 그래서 다른 누구보다도 산에 대한 자부심과 철학이 남다를 수밖에 없는 것이다. 산에 대한 고집과 철학이 남과는 결이 다른 나무독립군으로 나

를 성장시켰다.

홍천은 대부분 산이고 그중 50% 이상이 국유림인 만큼 국유림을
특성화한 사업을 추진해 산촌 사람들의 일거리를 창출하고 산림을
자원화한 보다 효율적인 산림 6차 산업 육성을 위해 내가 해야 할
일들이 무엇일지를 고민해 왔던 60년이었다.

## 숲과 나무, 자연은 어울려 잘사는 것

산등성 아래로 무리 지어 군데군데 피어있는 진달래꽃은 산자락의 몸색을 환한 봄색으로 물들인다. 예쁜 꽃은 손대지 말라는 듯 늘 사람 손이 드문 바위 벼랑에 핀다. 겨우내 은회색의 적요의 색감으로 충만했던 숲의 표정이 4월을 넘기며 산허리로부터 듬성듬성 산벚나무의 팝콘색 화사한 물감으로 칠해지더니 어느새 산중 숲색은 연둣빛 뽀얀 생명색이다.

오롯이 피어오르던 연둣빛 새 잎순과 파릇한 잎새들이 하루가 다르게 잎사귀를 짙푸르게 물들인다. 숲 전체를 적셔 나가던 연둣빛 초록은 어느새 음영 짙은 암녹색으로 물들어 신록의 숲을 더욱 진하게 적신다. 저마다의 색깔로 녹음을 연출하던 나뭇잎들은 이제 뜨겁게 타오르는 한여름을 무성하게 견뎌낼 생명의 색감으로 진하게 뒤덮일 것이다.

숲, 동·식물이 어우러지는
공생·공존의 휴식처

숲은 나무와 풀, 동식물이 함께 어우러져 사는 공생의 개념이다.

지금까지 숲과 산에 대해 명확하게 정의가 안 돼서 우리는 산과 숲의 개념을 혼동해서 알고 있다. 산은 바위산, 설산과 같은 형태로 규정하는 것이고, 숲은 메뚜기와 버섯이 큰 나무 아래서 함께 어울려 자라는 정서적인 개념이다.

지형적인 특성으로 산과 숲을 구분해보면 산(山)은 대부분 경사가 급하고, 천연림이나 교목 같은 큰 나무가 우점하면서 해발고도가 1,000m 정도인 천산(千山)을 산(山, mountain)이라고 하며, 교목이 10% 정도이며 관목과 지면에 잡초 등 초본류가 자생하는 완경지의 수풀(樹草)지역을 숲(林, forest)이라고 한다.

숲이 '공생한다'는 생태철학적 개념이라면 산은 그 자체로 홀로

서있는 형태상의 개념이라고도 볼 수 있다.

산이라면 큰 의미에서 단순하게 바위로 된 산도 있고, 흙으로 덮인 산, 눈으로 덮인 산 같은 자연 상태에 있는 형태를 산이라고 명명할 수 있을 것이다. 반면에 숲은 자연의 다양한 것들이 어우러져 사는 어울림의 생존철학이라 할 수 있지 않을까. 나는 자연을 이루는 모든 것, 가령 풀이 자라고 나무가 우거지고 곤충이 날아다니며 날짐승이 살아가며 인간이 자연을 느끼는 그 모든 어울림과 공생과 휴식의 공간이 바로 숲이라고 해석한다. 그래서 forest는 'for + rest'다, 즉 함께 어우러지는 공생 공존의 휴식 공간이라는 것이다.

숲과 나무는 사람과 동물이 먹을 수 있는 도토리, 밤, 호두, 사과 뿐만 아니라 농가구 재료, 건축재, 기름과 장작과 같은 연료를 무한 제공한다. 이산화탄소를 흡수하고 산소를 배출하며 물의 보관 및 정수 기능, 정화 기능을 하면서 인간에 휴식처를 무한 서비스한다.

혹독한 자연환경에서
서로 돕는 자연의 신비

나무는 어디서 자라느냐에 따라 저만의 대물림 DNA를 나무에 남긴다. 영양상태가 나쁜 지역에서 자란 나무, 바위 끝에서 겨우 자라나는 소나무는 솔방울이 많이

맺힌다. 반면에 논이나 밭 같은 영양이 튼실한 지역에서 자란 배부른 소나무는 솔방울이 안 맺힌다. 한마디로 환경이 좋은 데서 자란 소나무는 멸종할 염려를 못 느껴 제 유전자를 안 남겨도 살아남는 다고 느끼는 것이고 환경이 나쁜 데서 자라는 소나무는 위기감에 자극되어 솔방울로 자기 유전자를 후대에 남기고자 하는 것이다.

　여기서 더 놀라운 자연의 신비는 눈이 내려 숲에 풀도 없고 이슬도 안 맺혀 짐승들이 먹을거리가 전혀 없게 되면 갑옷 입은 솔방울이 한겨울 차고 건조한 북풍에 크게 벌어져서 솔 씨가 얼어붙은 눈위에 떨어진다. 그러면 새들이 솔 씨를 먹고 생명을 유지하는 것이다. 추운 겨울 눈 덮인 숲의 소나무에서 떨어지는 솔방울 씨는 또하나의 생명받이 역할을 하게 되는 것이다. 온화한 날에는 다물어져 있던 솔방울이 추운 대지의 헐벗은 생명의 먹이로 솔방울을 열고 솔 씨를 뱉어내는 소나무의 배려이다. 땅이 얼고, 한겨울이 돼두껍게 눈으로 덥히면 지면에는 먹을 게 없어진다. 그러면 솔가지가 눈 무게에 눌려 지상으로 내려온다. 그러면 노루나 사슴 등 초식동물은 깨끗한 솔잎을 먹을 수 있게 된다. 자연은 우리가 생각지도 못한 경이의 세계를 수시로 연출한다. 한겨울 하얀 눈 세상에 배고픈 지상의 사슴과 노루에게 먹이를 제공하고, 차고 건조한 한겨울 북풍이 솔방울을 열어 박새에게 준다. 산새들은 일부 솔 씨를 멀리 옮겨 심어 먼 곳에 소나무가 자라게 할 것이다.


　나무는 평화로울 땐 번식을 잘 안 하려고 한다. 먹을 게 풍족하고 땅이 기름지면 자식을 안 만들고 혼자만 크고자 한다. 누구한테 먹이 줄 생각을 안 한다. 그런데 나무도 먹고 살기 힘든 황폐화된 환경이 되면 솔방울을 맺혀서 다른 생명에게 주는 것이다. 이것은 일종의 자연의 섭리이다. 그리고 인간도 이러한 자연의 이치에 충실하게 적응하는 것이다.

## 자연의 순리대로 자란 나무는 천년을 간다

겨울이 되면 야생에는 짐승들이 먹을 것이 없다. 산에는 온통 눈밭이고 풀도 없고 벌레도 없을 때 솔 씨가 떨어진다. 솔방울은 보통 2년생인데 첫해에는 조그맣게 달리고 그 다음해에는 솔방울이 달리고 겨울이 되면 솔방울이 익어서 벌어지면서 꼭 비닐처럼 생긴 씨가 쏟아져 나온다. 솔방울의 안을 보면 씨앗이 달리는데 이것이 바로 짐승들이 먹을 게 생기는 것이다. 벚꽃은 꿀벌이나 나비가 먹고 씨가 열리면 새들이나 다람쥐나 참새들이 씨를 물어다 다른 곳으로 이동하게 되는 것이다.

가을이 되면 모든 곡식들이 여기저기 떨어지니 저장을 해야 된다. 겨울에는 다람쥐가 잣이나 호두나 도토리를 땅속에 저장을 한다. 그런데 실제로 다람쥐가 숨겨놨던 열매를 찾아가는 건 40%도 안 된다고 한다. 자기네들이 숨겨놓는 도토리나 씨앗을 한 군데 몰

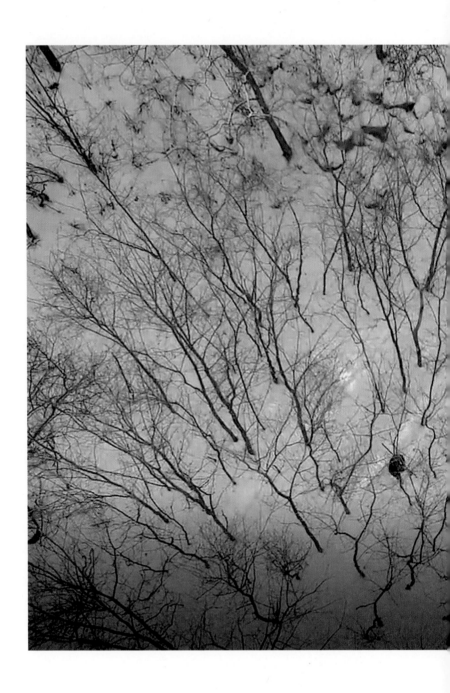

트리하우스, 숲에서 행복하기

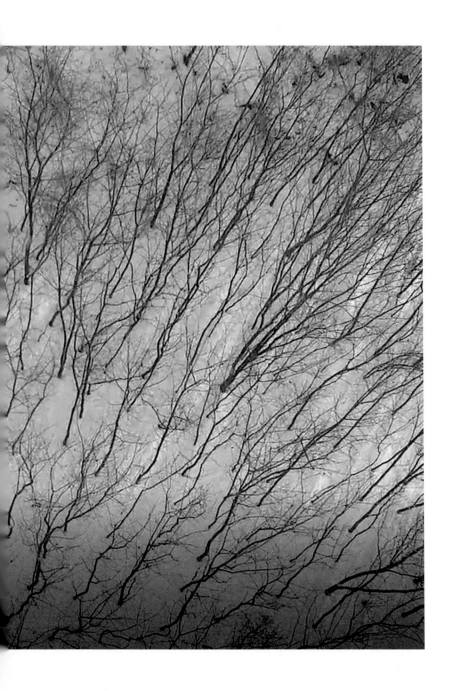

아서 묻는 게 아니고 여기다 조금 저기다 조금 묻는다. 한마디로 분산투자를 하는 것이다.

산에서 다람쥐가 하는 중요한 역할은 산 곳곳에 균형 있게 분산해 씨앗을 심어 나무가 적당한 거리를 두고 자라게 하는 것이다. 인간이 심은 나무는 백년을 못 가는데 다람쥐가 심은 나무는 천년을 간다. 인간은 조급해서 어린 나무를 심는다. 양묘장에서 어린 묘목을 만들고, 식목철이 되면 어린 나무(묘목)을 캐서 10개씩 묶음을 만들어 식재지 근처에 가식(임시 심어 놓음)한다. 그리고 날을 잡아 바구니에 담아 산 위로 이동을 해서 나무를 심는데 이 과정에서 뿌리가 건조되고, 가지나 뿌리가 잘리게 된다. 잘린 뿌리나 가지에 박테리아가 침투해서 나무가 성장하면서 중심부가 썩기 시작한다. 사람이 심은 나무 뿌리는 땅속 깊게 뿌리를 내리지 못한다. 그런데 다람쥐는 나무 씨앗을 균형을 맞춰 여기저기 골고루 심는다. 그래

서 다람쥐가 심은 나무는 뿌리가 깊이 들어가고 가뭄이 들어도 잘 살고, 천년을 가는 것이다. 다람쥐는 숲과 생태계의 공존의 원리를 정확하게 알고 있다. 그러니 사람이 심은 나무보다 훨씬 잘 자라고 자생력이 강하게 나무가 큰다.

살기 좋은 데 사는 식물들은 남에게 베풀지 않고 혼자만 승자독식하려 한다. 자기만 생육환경을 독차지하고 다른 식물을 키울 생각을 안 한다. 하지만 아주 극한의 상황에 처한 척박한 땅에서 나는 나무나 식물은 다른 식물에게 먹이를 줘 누구라도 번식해 다른 식물을 이어주려고 하는 것이다. 그래서 요즘 같은 평화의 시기엔 자식들도 장가도 안 가고 가정도 안 만든다. 동물의 세계나 식물의 세계나 다를 바가 없다.

인간도 자연의 일부니 인간의 생존목적도 역시 자연스럽게 사는 게 아니겠는가. 불교의 최종 목적도 자연이듯이 자연스럽게 살고 그냥 있는 그대로 먹고 욕심 부리지 말고 자유롭게 유유자적하며 사는 게 산사람의 소박한 바람이자 희망사항이다.

## 나무독립군으로 우리 나무를 지키는 방법

대한민국 농민들이 잊을 수 없는 날이 쌀수입이 국회에서 확정된 2015년이라면 우리 임업인들이 잊지 못할 날은 목재 관세가 철폐돼 하루아침에 목재 수입 자유화가 이루어진 1979년일 것이다. 문제는 관세 철폐의 강도였다. 우리나라 목재 관세는 1979년에 순식간에 없어져 하루아침에 우리 나무가 외국 나무에 경쟁력을 잃게 되었다. 그날부터 외국의 목재가 봇물 터지듯 들어오면서 우리 목재를 쓰는 데가 자취를 감춰버렸다. 하다못해 저 깊은 산에서 고추 말뚝과 인삼밭의 지주대, 한옥조차도 외국 목재를 쓰고 있다.

국산 목재의 경제성 저하로
목재 자급률은 20%에도 못 미쳐

언제부턴가 우리의 전통 한옥마저 기둥과 보는 미국 것 쓰고 루버는 일본산 히노끼 나무를 쓰는 게 일반적 관행이 되었다.

무엇보다 한국 나무는 1979년 목재 관세 철폐로 하루아침에 판로를 잃고 말았다. 어느 날 갑자기 일시에 외국 목재가 저렴하게 밀려들어오면서 국산 목재를 만드는 제재소도 없어지고, 국산 목재를 거래하는 건재상도 없어지고, 국산 목재를 구입하는 사람도 없어졌다.

지금 현재 전 세계 나무 값은 비슷해서, 원목기준 대략 1톤에 10만 원 정도 된다. 사실 미국이나 베트남, 러시아, 캐나다가 우리나라보다 원목은 더 비싸다. 우리가 산에 들어가 사람이 일일이 수작업으로 나무를 하나씩 벤다면 외국은 커다란 목재 수확(우드 하베스터) 기계로 12m씩 다 끊어서 대량으로 실어 나른다. 그러니 우리가 한 골짜기 겨우 베는데 며칠이 걸리는 데 반해 외국은 하루면 끝내니 도무지 생산성이 안 맞는 것이다. 여기에 인건비는 또 어떤가. 우리가 하루에 15만 원, 20만 원의 인건비가 든다면 러시아나 동남아는 3천원만 주면 되니 애초에 경쟁이 되지 않는다. 나무 값은 동일해도 우리 나무를 쓸 수 없는 구조인 것이다.

외국에서 나무를 12m로 자르고 우리는 나무를 끊을 때 1.8m, 길어야 3.6m로 끊는다. 물론 이것이 국제 규격은 아니다. 그나마 우리 나무는 3.6m를 끊어야 원구하고 말구가 거의 비슷하다. 우리 나무는 깔대기처럼 밑에는 굵고 위로 갈수록 가늘어져서 목재의 수율, 즉 목재의 쓸모가 적어진다. 목재는

가장 가는 위쪽을 기준으로 제재를 해서 그만큼 우리 나무는 버리는 부분이 많은 것이다. 나무는 말구(나무의 가는 위쪽) 기준으로 켜기 때문에 피죽(제재 후 남은 껍데기 부분)이 많이 발생된다. 따라서 우리 나무는 쓸 수 있는 부분보다 버려지는 부분이 더 많아서 목재로 쓰려고 해도 외국 나무보다 굵기가 큰 걸 써야 한다. 한마디로 국내목과 수입목은 양과 생산 과정, 목재의 수율에서 크게 차이가 날 수밖에 없다. 여기에 더해 우리나라 나무는 쭉쭉 뻗은 직재보다는 꼬부라진 나무가 많아 건축자재로 이용할 때도 경제성이 떨어진다.

이처럼 우리나라 목재가 수입목에 비해 경제성이 떨어지다 보니 우리 목재의 자급율은 20%도 안 된다. 80% 이상의 나무를 수입에 의존한다. 외국에서 수입해 쓰는 나무가 80%가 넘으니 우리는 목재 수입국인 셈이다.


나무의 부가가치를 최대한 높이는 방법은
건축재로 활용하는 것


외국에서 1년에 5조 원이나 나무가 수입되는 이런 어처구니없는 산림국가의 문제를 해결하는 방법은 우리 나무를 최대한 쓸 수 있는 방법을 강구하는 것이다. 무엇보다 나무의 굵기와 직재가 문제라면 아예 나무를 자를 때 켜서 자르지 말고 반대로 잘라서 나무의 쓰임새를 넓혀보자는 생각을 했다. 그때부터 나무의 이용에 관해

다양한 실험을 하고 여러 가지 연구를 진행했다. 그 노력의 증거로 열 몇 개의 특허까지 받게 됐지만 특허보다는 목재 이용 현장에서 제대로 쓰이는 게 급선무였다.

1976년부터 나무를 가꾸고 조림하는 데 전념하다보니 많은 세월을 지내면서 쌓은 경험과 간이자원이 충분해졌다. 이 경험과 고민의 시간들을 내가 가지고 있는 산에서 제대로 실험해보고 싶었다. 그래서 어느 날부터 나는 '나무독립군'이 되기로 했다.

나는 사용처가 없어 방치되고 있는 국산 목재에 대해 새로운 소비처를 만들어서 목재 자급을 높여보자는 목재 독립운동가로서의 사명감을 가지고 연구에 몰두했다.

원래 독립군은 막강한 적을 상대로 늘 외롭고 힘든 싸움을 해야 한다. 자기 전답을 팔아서 군자금을 대고, 그 때문에 자식들은 못 먹고 못 배워서 가문이 풍비박산 나기도 한다. 이를 각오해야 한다. 산골에서 자비로 나무를 자르고 운반하고, 표준화된 자재를 생산하는 각종 기계 설비를 갖추었다. 모두 주문 제작한 것으로, 시설 투자에만 6억~7억 원이 들었다. 이를 통해 생산된 목재, 너와 등의 자재들이 마당에 산더미처럼 쌓여 있다. 그때 이런 저런 연구 목적으로 나무를 베어 산에는 껍질이 홀랑 벗겨진 나무, 반쪽만 벗겨진 나무, 중간을 자른 나무 등 온전한 나무가 별로 없다. 그동안 많은 나무가 베어지거나 있는 그대로 각종 연구 및 실험의 대상이 되었다. 개인이 이러한 실험과 연구를 한다는 것은 성공률도 낮고, 수익성은 그리 높지 않았다. 그러면서 목재의 부가가치를 높일 방법

을 끝없이 연구했다. 그렇게 목재의 사용처부터 목재 시장 상황까지 조사해 보았다. 어떻게 하면 나무의 이용 가치를 높일 것인지를 모색하면서 장작도 만들어 보고 표고목도 만들면서 차츰 나무의 부가가치를 높이는 방법이 눈에 들어오기 시작했다. 그렇게 이런 저런 방법을 모색하고 실험을 거듭한 끝에 나무를 대량으로 다양하게 쓸 수 있는 방법은 건축재로 쓰는 게 가장 이용률이 높겠다는 결론에 이르렀다. 나무를 건축자재로 활용하는 방법으로 처음엔 우리 전통 한옥을 지어봤다. 내 산에서 나는 나무 목재를 이용해 통나무 한옥집을 짓는 건 나름 의미 있는 성과를 올렸다.

원목을 그대로 쓰는 방식은 굉장히 획기적인 방법으로 모양은 좋지만 처음 시도하는 방법이라 많은 시행착오를 거쳐 장비를 만들었다. 우리나라 산에 나무는 많은데 나무를 쓸 만하게 만드는 목재 가공 방식이 뾰족한 게 없는 상황에서 이런 생각을 하는 사람이 없었던 것이다. 수십 년을 나무를 가꾸고 나무를 연구하면서 산림현장에서 얻은 내 나름의 방식을 터득한 것이다. 세상에는 강한 자가 살아남는 것이 아니라 새로운 환경에 적응하고, 새로운 것에 도전하는 자가 살아남는 게 자연이다.

그때부터 비뚤어지고 꼬불꼬불한 자연의 선을 그대로 살린 우리 나무가 내 손에서 가공을 거쳐 속속 내가 짓는 집의 벽이며 기둥이며 보로 쓰이게 되었다.

사실 국가의 보조나 지원 없이 자력으로 국산 목재를 사용해 지은 집을 시장에 내놓아 평가를 받아야 진정한 경쟁력을 얘기할 수 있을 것이다. 누군가의 지원이나 그늘막 아래에서 연구를 한다면 그 일은 일회성 행사용에 불과하다.

이 길은 외롭지만 누군가는 반드시 가야 할 길이다. 나는 외로운 개척자의 길을 마다하지 않았다. 그동안 축적해 온 기술력에 대한 자신도 있었다. 정부나 지자체의 지원이나 보조 없이 오직 개인적인 투자를 통해 자생력을 키워왔다.

그 결과 목조 건축, 기둥·보 방식, 한옥 지붕과 천장·벽체와 관련해 15가지 특허를 보유하게 되었다.

## 우리 나무를 표준화시켜 한옥을 만들자

우리 땅에서 자란 나무들은 '一'자로 반듯하기보다는 이리저리 굽어 있는 것들이 많다. 보기에는 운치 있어 보일지 모르지만, 집짓기에는 그다지 좋은 목재라고 할 수 없다.

우리 나무를 어떻게 하면 효율적으로 활용할 수 있을지 수많은 방법을 모색해 보다 얻은 결론은 국산 목재의 대량 소비처를 찾아보자는 것이었다. 가장 좋은 방법은 집을 지을 때 쓰는 건축목재를 모듈화해서 현장 가공 없이 끼워 맞춰서 쓰면 국산목을 대량으로 활용할 수 있겠다는 결론을 얻었다. 집을 지을 때 쓰는 건축용 목재를 레고조각처럼 모듈을 만들어서 기둥이나 보, 부재 등에 조립하는 방식으로 나무를 쓰자는 것이다. 통나무집을 만들 때도 나무를 부품처럼 조립조각으로 만들어 필요한 부분에 끼워 맞추는 식으로 집을 짓고자 했다. 반대로 나무를 잘라서 벽돌처럼 쌓는 건축방식도 시도해 보았다. 집의 입지조건이나 집 짓는 방식, 기둥, 보, 부재, 지붕 등에 쓰일 목재들을 다양한 방식으로 만들어보고 실험해 보면서 내 나름대로 많은 연구를 통해 특허도 15개나 받았다.

통나무 벽돌 내부를 파서
표준화시키는 방식

나무를 켜서 쓰는 목재는 외국과 경쟁이 안 됐다. 그래서 내가 짓는 집의 목재는 나무를 잘라서 안을 표준화시키는 방법을 고안해 냈다. 이렇게 나무를 잘라서 나무 안쪽만 표준화시키면 나무가 크든 작든 딱 표준화된 나무를 쓸 수 있는 것이다. 이 방법은 나무를 켜지 않고 반대로 나무를 자르면 나무가 둥글게 되고 그 안을 39mm 간격으로 2줄을 파주는 것이다. 이렇게 원목을 갖고 일정한 규격으로 나무를 조립해서 끼울 수 있게 했다. 그러면 나무를 위로 놓고 옆으로 놓아도 다 끼워 맞출 수가 있다. 이 방식은 전 세계 어디나 있는데, 통나무를 잘라서 그냥 흙이나 시멘트로 채우는 방식이여서 나무가 빠지거나 벽체가 무너지는 경우가 있었다. 통나무 벽돌 내부를 파서 표준화시키는 방식은 필자가 세계 최초로 특허를 낸 방식이다. 이렇게 나무의 단면을 잘라서 표준화시키게 되면 20년생 나무든 40년생 나무든 안쪽은 항상 똑같이 만들어서 어떤 나무든 다 쓸 수 있는 것이다. 또한 우리 나무처럼 꼬부라진 나무든 삐뚤어진 나무든 다 쓸 수가 있는 것이다.

한옥의 부재를 원주목이나 4각 제재해서 만든 한옥은 1세대 방식이고, 한옥부재인 통나무를 벽체와 접하는 부분과 부재의 끝만 규격화/모듈화해서 맞춤방식으로 지은 통나무 한옥집이 2세대 한옥 방식이다. 외부로 노출되는 부분은 원목 그대로 노출되기 때문에 원주가공이나 4각 제재 방식보다는 보다 작은 원목을 사용해도 되는 것이 장점이다. 또 원목 그대로 노출되기 때문에 자연감이 좋다.

3세대 방식은 통나무를 키는 방식이 아니고 반대로 벽돌처럼 잘라서 황토와 함께 벽체를 만드는 방식으로 기둥이 없는 것이 특징이다. 통나무를 40cm 길이로 자른 다음 중간에 일정한 간격으로 두 줄 홈을 만들어 가로대가 잡아 주는데 황토도 잡아 주는 효과가 있다. 이 방식은 목이나 기둥을 사용하지 않고, 통나무 벽돌과 황토만 있으면 된다. 이 방식의 가장 큰 특징은 원목이 직재가 아니고 구부러진 나무든, 굵은 나무든 가는 나무든 모두 사용이 가능하다는 것이다.


초창기 신한옥,
국산 통나무 내부에 홈을 내 활용


초창기 신한옥의 가장 큰 특징은 수입 목재가 아닌 국산 나무를 활용해 순수한 서민 한옥을 지었다는 것이다. 간벌이나 벌목한 국산 통나무를 각재나 원주목으로 가공 처리해 사용했다.

초창기 신한옥에 쓰는 나무 활용 방식은 18cm의 간벌재를 벽체가 접촉하는 내부에 홈을 파고 중간 중간 홈이 있는 부분에 목재를

넣어서 가운데로 붙이는 방식으로 목재를 썼다. 전체적인 골조는
다 원목 그대로 쓰는 방식이었다.

초창기 신한옥을 짓는 데 쓰는 나무는 나무의 가운데 부분을 일
정한 크기로 파내서 나무를 얹고 엮어서 맞추고 흙으로 채우고 또
옆으로 나무를 엮고 또 채우면서 한 층이 끝나면 다시 위층으로 쌓
아가는 방식으로 나무를 활용했다. 이런 방식으로 나무 내부를 모

듈화하면 나무가 굵든 가늘든 다 쓸 수가 있다. 이 방식은 나무를 일정 규격으로 다 잘라서 만드는 게 아니고 둥글게 자르면 생기는 나무의 로스를 줄이고 나무 전체를 다 쓸 수 있다는 점이 이 공법의 장점이라고 할 수 있다.

실제로 지난 2005년에 지은 홍천 주말 주택은 국산 낙엽송을 18cm 굵기의 원주목으로 가공한 뒤 이를 가로로 쌓는 방식을 적용했다. 가로재 사이 14cm 간격을 띄워 황토로 처리했다. 당시로선 만들기가 매우 힘들었고 문틀에도 문제가 있었다.

이어 2006년에 역시 홍천에 지은 주말 주택은 직경 20cm 원주

목을 가지고 한쪽 면을 절단한 다음 받침목을 사용해서 만들어 보았다. 이 집의 특징은 가로세로 각 14cm 크기의 국산 낙엽송 4각 제재목을 사용했으며, 단열재와 황토로 마감했다는 점이다. 특히 천장까지 황토로 마감한 최초의 집이었다.

국산 나무를 가공 처리한 각재와 원주목, 그리고 황토를 주재로 한 초창기 서민 신한옥은 그동안 홀대받던 국산 중, 소경재를 활용했다는 점에서 상당한 주목을 받았다. 나름 그 이전에 지어진 다른 통나무 황토집들에 비해 기술적으로 진일보했고 상대적으로 건축비도 낮추는 등 성과를 거두기도 했다.

초창기 서민 신한옥은 전체 공사비의 25%가량 차지하는 벽체 조성 비용과 하자를 줄이기 위해 가급적 나무를 적게 사용하는 방식을 택했다.

초창기 서민 신한옥의 경우 국산 통나무를 제재해서 사용하기 때문에 나무가 직재라야 한다. 하지만 국산 나무에선 직재를 구하기 어렵다. 더군다나 가공하는 과정에서 단단한 나무의 겉부분을 제거하기 때문에 강도나 내구성이 저하된다는 문제점이 있었다.

개량형 신한옥,
통나무 원목을 그대로 사용

이런 초창기의 단점을 보완하고 장점을 더욱 발전시켜 내놓은 것이 개량형 서민 신한옥이다.

개량형 신한옥의 특징은 통나무를 사각이나 원주목으로 제재하지 않고 원목 그대로 사용했다는 점이다. 기둥이 없이 원목 나무에다 흙만 바르는 식이다. 통나무 원목을 그대로 사용하게 되면 소경재까지 남김없이 목재로 활용할 수 있다.

이 방식은 못도 안 박고 순수하게 나무만 이용해 레고블록처럼 쌓는 게 나무 활용의 특징이다. 완전 친환경 건축법이라고 할 수 있

다. 기둥이 하나 있으면 벽체와 벽체 사이에 보가 닿는 부분만 파내서 서로 끼워 맞추는 식이다. 나머지는 원목 그대로 놔둔다. 원목 상태의 나무에다 벽이 닿는 부분만 파내서 벽 닿는 부분을 파낸 원목을 끼워 맞추는 식이다.

이 방식은 나무의 곳곳을 모듈화해서 다른 나무와 딱 맞게끔 규격화를 시킨 게 특징이다. 이렇게 모듈화 된 나무조각을 이용해서 집을 짓게 되면 나무를 가장 효율적으로 쓸 수 있고 원목 그대로 쓸 수 있다는 장점이 있다.

이 나무들은 표피가 있는 나무들이고 사선으로 컨 나무는 표피를 벗겨낸 나무이다. 그래서 원목상태의 표피를 벗기지 않은 나무는 보로 쓰고 나무끼리 닿는 부분의 나무는 표피를 벗겨낸 나무를 써서 나무끼리 닿는 부분만 파내는 것이다. 그리고 표피를 벗긴 나무를 접촉하는 부분에 끼워 맞추도록 하는 방식이다. 그 나머지는 나무 원형 그대로 놔둔다.

이렇게 나무를 활용하면 큰 나무든 작은 나무든 끼워 맞추는 부

위만 홈으로 파고 나머지 부위는 그대로 놔둬서 다 쓸 수 있게 된다. 홈에만 맞으면 어떤 나무든 다 쓸 수 있어서 우리 산에 자생하는 나무 중에서 30년 자란 작은 나무나 50년 된 큰 나무나 다 활용할 수 있다는 것이다.

이처럼 국산 목재의 활용도를 획기적으로 높인 주택이 개량형 서민 신한옥이다. 초창기에서는 나무를 원주가공이나 4각 제재를 해서 만들었다면, 개량형은 비바람과 햇빛에 노출되는 부분을 통나무 원목 그대로 사용했다. 또한 목재의 장부와 규격화를 통해 못을 거의 사용하지 않았다. 그러면서도 구조는 어떠한 건축 방식보다 강한 골격을 유지한다. 벽체가 닿는 부분은 일정하게 가공을 해서 단열재와 황토가 들어가게 하고, 열 손실이 발생하지 않도록 했다. 이렇게 하면 순수한 국산 목재와 황토로도 얼마든지 살기 좋고 건강한 집을 만들 수 있다

통나무 원목을 있는 그대로 사용하는 개량형에 접어들어 너와의

사용 빈도가 늘었다. 나무와 황토 등 자연 재료로 짓는 건강한 집이기에 너와 지붕이 더욱 잘 어울리고, 건축주들 또한 이를 선호한다. 우리 산과 들판에 널린 아카시나무, 참나무, 산밤나무는 키가 크고 몸집이 굵어도 사실 쓸모가 별로 없다. 하지만 서민 신한옥에서는 이를 유용한 목재로 탈바꿈시켰다.

바로 나무 기와 즉, 너와로 활용하는 것이다. 이들 나무를 길이 45~84cm정도로 자른 다음에 5cm 두께로 쪼개서 건조한 뒤 오일 처리를 하면 훌륭한 지붕재가 된다. 전통적으로는 참나무를 사용했는데 아카시 너와는 내구성이 대단히 좋았다. 산밤나무는 가공이 잘되고 벌레가 먹지 않아서 미관상 좋다.

개량형 서민 신한옥은 아예 벽체에 쓰이는 목재를 40cm(일부 60cm) 규격으로 표준화했다. 일종의 '통나무 벽돌'인 셈이다. 이를 황토와 섞어 쌓으면서 벽체를 완성한다. 이 통나무 벽돌은 절단된 부위가 벽체의 안과 밖에 위치하도록 시공한다. 다시 말해 벽체의 두께가 40cm가 되는 것이다. 이같은 시공은 나무의 통기성 때문이다. 나무세포는 마치 빨대를 한 묶음 모아 놓은 것처럼 긴 도관으로 형성되어 있어 물이 순환하기도 하고 베어 놓으면 공기도 미세하게 지나갈 수 있다. 서있는 나무의 물과 영양분이 위아래로 이동하는 것처럼 벽이 통기성을 가지는 것이다. 이처럼 통나무 벽돌로 벽체를 만들면 숨 쉬는 집이 된다. 이렇게 시공하면 통기성이 좋아지면서 여름엔 시원하고 겨울엔 따뜻한 힐링 신한옥의 진가가

100% 발휘된다.

서민 신한옥에 쓰이는 황토는 지푸라기뿐만 아니라 가공한 목재의 부산물, 야자섬유 등 건강에 좋으면서도 벽체 구조를 튼튼하게 하는 각종 천연재료를 활용한다. 야자섬유는 지푸라기보다 훨씬 질겨 수명이 오래간다. 또 강원도 등 추운 지역에 집을 지을 경우에는 황토에 작은 스티로폼 알갱이를 섞어 통기성을 유지하면서도 단열의 성능을 높였다.

최근의 서민 신한옥(통흙집)은 재료 조달에서부터 실제 건축에 이르기까지 거의 완벽하게 저탄소 에코 · 힐링 하우스를 구현했다. 우선 대지 주변에서 얻을 수 있는 나무와 황토를 건축 재료로 활용했다. 기능적으로는 국산 통나무를 40cm(일부 60cm) 크기로 잘라 만든 통나무 벽돌과 황토를 주재료로 단열과 기밀은 물론 통기성까지 확보해 스스로 살아 숨 쉬는 '건강한 집', 자연과 늘 교감하는 '소통의 집'을 만들어냈다. 또한 주변의 자연물을 활용해 자연 그대로인 집을 만들어 왔다.

최근의 서민 신한옥의 가장 큰 특징은 벽체를 구성하는 나무의 쓰임새가 이전과는 확연히 다르다는 점이다. 초창기는 제재한 사각재나 원주목을 사용했고 개량형은 통나무 원목을 그대로 살려 지었지만, 비용이나 시공 측면에서 미흡한 점이 있었다. 개량형 들어 가공하지 않은 자연미는 그대로 살려냈지만, 단열과 기밀, 건축의 용이성이 미흡했고 살아 숨 쉬는 집이 갖춰야 할 통기성도 완벽하게 구현해 내지 못했다. 하지만 최근의 서민 신한옥에서는 통나무 벽돌이라는 새로운 벽목 공법을 통해 이를 완벽하게 구현해냈다. 나무의 물리적 성질에 따라 절단된 부위가 벽체의 안팎에 위치하도록 시공해 벽체의 통기성을 완벽하게 확보했다. 또한 모듈화, 표준화로 국산 나무의 활용도를 획기적으로 높였고, 대량 생산과 시공 기간 단축을 통해 건축 원가를 낮췄다.


우리 나무의 곡선미를 그대로 살린
맵시 나는 한옥을 되살리고 싶다


나는 나고 자란 고향 서석면에서 1976년부터 나무를 가꾸고 집을 지었다. 서석면 옛 가구분교 주변으로 수만 평에 심은 나무가 40년 가까이 지나면서 아름드리 숲을 이루고 있었다. 이 숲에 치목장을 만들고, 황토한옥학교를 운영했다. 굽어진 우리 나무의 특성을 살려 집을 짓고 싶었다. 강원도 홍천군 서석면에서 황토한옥학교를 운영하면서 이런 내 오랜 바람을 황토한옥을 짓는데 접목해보고 싶었다.


내가 지금까지 지은 집은 80채 정도 된다. 1년에 두세 채씩 지어온 셈이다. 나무를 가꾸고, 가공하고 집 짓는 일에 온 삶을 바쳤다고 해도 과언이 아니다. 그 많은 집을 지으면서 내 작업장에서 일일이 나무를 다듬었다. 서민도 거뜬히 지을 수 있는 한옥, 특별히 우리 나무를 활용하여 한옥을 짓는 기술을 개발하려고 노력했다. 어떻게 하면 나무의 생김새를 그대로 활용해 자연스럽게 집도 짓고 가구도 만들 수 있을지 고민한 시간들이었다.

정말 나무와 함께한 시간이 오래되었다. 못이나 다른 철재 사용을 최소화하고, 나무의 성격을 잘 파악해 모든 면에서 나무를 다루는 섬세함이 필요한 작업들이었다.

나무독립군을 자처하며 때로는 '아니 얼마 안 되는 산마저 다 말아먹을 작정이냐'는 소리까지 들으며 나무에 푹 빠졌던 시간이 어느덧 20년이 훌쩍 넘어섰다. 개인이 하기엔 너무 벅찬 일이었지만 이유 불문하고 2001년부터 신한옥 만들기 작업에 매진했다. 적자를 보면서까지 보급형 한옥 만들기에 매진한 이유는 우리 나무가 너무 아름다웠기 때문이다. 원목은 세월이 쌓이면 나뭇결이 반질반질해지고 윤기가 더 살아난다. 구부러진 공이마저 조선의 맵시 같다는 생각을 지울 수가 없다. 만약 이 정도 곡선미와 윤기가 그대로 살아나는 목재를 서양 목재로 쓴다면 엄청 두꺼운 나무를 가공 처리해야 할 것이다. 하지만 우리 나무는 얇던 굵던 언제나 그 상태를 유지하고 있다. 무엇보다 이렇게 아름다운 우리 나무를 폄훼하는 시장의 시선에 우리 산과 나무를 아끼고 사랑했던 사람으로서 자존감을 지키고 싶었다.

사람이 살 집은 나무와 흙으로 만들어야 한다고 생각했다. 주변에서 구할 수 있는 재료로 누구나 손쉽게 집을 지을 수 있도록 해보자는 거였다. 우리 선조들도 다 그렇게 집을 짓고 자연스럽게 살았으니까.

숲에선 나무와 풀이 씨줄과 날줄로 촘촘히 엮여 생명의 신비를 연출해낸다.

숲의 가장 밑부분을 차지하는 식물은 풀들로 숲의 맨 아래 땅에는 이끼식물과 버섯, 잔디 같은 아주 키가 작은 포복형 식물이 포진해 있다. 포복형 식물 위로는 흔히 관목이라 부르는 단풍나무, 옻나

무, 생강나무, 붉나무, 노간주나무, 동백나무 등이 자란다. 그리고 우리가 숲의 나무라 부르는 소나무, 아카시아, 참나무를 비롯해 잣나무, 오리나무, 전나무, 때죽나무, 오동나무, 물푸레나무, 피나무 같은 큰 나무들이 숲의 바깥을 둘러싸고 있다.

선진 산림국과 우리나라의
산림 소유권 개념의 차이

우리나라는 전 국토의 70%가 산으로 둘러싸인 세계적인 산림국가이다. 전 세계에서 국토의 60%가 넘는 산림을 보유한 국가는 일본, 독일, 스위스 정도를 손꼽을 정도로 산림이 울창한 나라는 드물다. 지구 육지 면적의 40%정도만 산림지역이라고 한다.

세계적으로 산에 나무를 심고 키우는 목재적인 육성과 구조에 대해 본격적인 연구가 진행된 것은 100여 년이 채 안 되었다. 독일이나 일본, 미국, 유럽 선진국 등에서 생태적이고 산업적인 측면에서 연구가 진행돼 왔다. 연구의 목적이 산림의 생태적인 가치에 치중하다 보니 목재의 가치나 산림 이용률 같은 산림 소유자의 권익에 대해선 선진국들도 크게 관심을 두진 않았다.

우리가 산림 선진국이라고 일컫는 영국이나 캐나다, 러시아 같은 나라는 산림은 국가 소유의 국유림이고, 산을 이용하는 사람은 이용권만 갖는다는 게 산에 대한 국민들의 인식이었다. 영국 같은 경우는 새로 공장을 지을 때 여왕한테 임대료를 내는 것처럼 산림을 인식해왔고, 러시아는 워낙 토지가 방대하다 보니 개인이 땅에서 농사를 짓고 싶으면 그냥 땅 갈고 곡식 심어서 먹으면 되는 것이었다. 특별히 산에 대한 소유개념이 없었던 것이다. 한마디로 이용권만 아주 자유롭게 사용하면 되는 것이었다.

그렇다면 우리나라의 산림 소유개념은 어떨까. 예전엔 산을 가지고 있다고 하면 요즘처럼 목재를 생산하고 산림을 이용해 사업을 한다는 개념보다는 그저 묘지의 소유자라는 개념밖에 없었다.

사실상 우리나라가 산에 대한 소유권이 생긴 지는 백 년 밖에 안 됐다. 우리나라에서의 산림 소유권의 시작은 1910년대에 일본에서 조선의 국토를 이용하기 위해서 국토를 측량하고 지적도나 임야도를 만들기 시작하면서 토지나 산림에 대한 소유권 개념이 생기게 되었다. 일본 군인들이 임야 조사를 하고 토지 조사를 해서 해당 임야나 토지의 소유권을 만든 것이다.

우리나라 남부지방의 산들은 완경사지가 많아서 대부분 개인이 소유하는 사유림이 많다. 반면에 북쪽에는 산이 높고 크다 보니 개인 소유나 점유가 안 돼서 대부분 국가에서 소유하는 국유림이나 공유림이 많다. 토지 조사 당시 연고나 소유권 신청을 포기한 토지는 대부분 국가 소유가 돼 있다. 지금도 소유가 불분명한 토지는 국가로 귀속되고, 토지는 공공성이 크기 때문에 국가가 토지를 많이 가지는 것은 당연하게 여겨지고 있다.

40년 넘게 지속된 산림녹화 사업의 문제
- 녹색 사막화, 숲의 고령화

우리나라는 한겨울 영하 20도 이하로 내려가고, 한여름 기온이 영상 35도 이상 올라가서 기온차가 대단히 크다. 또한 건기가 길고 7–8월에 일시적으로 폭우가 내려 토양 유실이 많아서 경사가 있는 산림은 토양이 척박할 수밖에 없다. 엎친 데 덮친 격으로 일제 36

년 동안 일본이 산림자원을 마구 훼손하고 한국전쟁까지 치르면서 산림은 완전 황폐화되고 말았다. 이러한 척박한 우리 산림에 대해 1970년대부터 국가 차원에서 산림녹화 사업이 본격적으로 펼쳐지게 된다. 시작은 워낙 황폐해 민둥산밖에 남지 않은 우리 산들을 푸르게 만드는 것을 산림녹화 사업의 목적으로 삼았다. 우선 산에 나무를 심고 빠른 시간 내에 푸르른 나무들만 자라게 하는 국가의 주력 사업으로 진행된 것이 국토녹화 사업이었다.

문제는 어느 정도 목적을 달성했으면 이제 정책도 민간의 수요나 경제성에 맞게 다른 정책을 펴줘야 하는데 그러지 못하고 계속해서 '푸르게 푸르게'에만 방점을 찍는 산림녹화정책이 50년 넘게 지속되었다는 것이다. 그러다보니 푸르른 나무만 획일적으로 산에 심어대 숲을 파괴하는 녹색 사막화에 이르고 말았다. 시쳇말로 산 사람에게는 괜히 바람만 집어넣어 나무만 잘 관리하면 벤츠 타고 다닌다는 헛된 희망만 안겨주는 정책이 되고 말았다. 숲을 멀리서 보면 녹음이 우거져서 녹색으로 보이니 좋지만 실제 숲속에 들어가 보면 곤충이나 식물, 나무들의 다양한 식생이 파괴돼 생태계가 망가진 녹색 사막화가 진행되고 있었던 것이다.

우리나라 사람만 고령화된 것이 아니라 나무도 고령화되고 있다. 벌써 나무를 베지 않은 지가 40여 년이 넘었다. 나무가 이산화탄소를 흡수해서 산소를 만드는 활동은 20~40년 사이가 가장 활발하다고 한다. 그 이후에는 나무도 노쇠해져 산소 발생이 저하되고, 뿌리와 가지 일부분이 죽어 숲에서 퀴퀴한 냄새가 난다. 고목(古木)만 가득한 숲에는 움직이는 생명체가 별로 없다. 젊은 숲에는 햇볕이 들어 지표에서 새싹이 나고, 그 새싹을 먹는 메뚜기가 생기고, 이 메뚜기를 잡아먹는 개구리가 생기고, 산토끼와 노루는 물론 각종 조류도 날아든다. 이런 젊은 숲에서는 더덕, 고사리, 두릅이 나오고 신선한 산소가 생성된다.


지금은 아름다우면서도 풍요로운
진정한 숲의 가치를 살릴 때


산림녹화 사업을 담당하던 공무원이나 정책 담당자가 4, 50년 해오던 관성대로 편의적으로 산림정책을 계속 추진하다 보니 겉보기에 '푸르기만 한 산'으로 40년간 산림이 획일화되었다. 한마디로 산림 연구나 교육, 행정은 성공했지만 실질적인 산림의 가치는 크게 떨어져 있는 것이다.

산림녹화 사업을 시작한 지 40년이 지난 지금은 산림자원 활용에 대한 전향적인 발상의 전환이 필요하다. 높고 경사가 심한 곳은 천연상태로 보존해서 경관과 환경 보전을 하고, 도로와 인접해 기름진 곳 즉, 중하단부의 임지는 나무를 베어 건축재와 바이오 에너지를 생산해야 한다.

우리나라 국토는 대부분 산이고, 200만 명의 산주인이 있다. 이제는 산을 가지고 있는 사람 입장에서 산에 대한 수익을 분석해 보는 연구가 절실하게 요구된다. 국가 목표인 '산을 푸르게'는 어느 정도 달성했으니 이제는 자본시장에서 경쟁력을 갖출 수 있도록 자금을 투자해서 경제적이고 수익적인 연구와 사업을 펼칠 시점이 된 것이다. 지금까지 한 50년 녹색 산림 조림에 힘써 왔다면 이제는 어떻게 하면 좀 더 효과적으로 산림을 이용하고 경제적인 성과를 거둘 수 있을까?를 모색해야 할 때가 된 것이다. 지금까지 산림녹화에 치중했다면 앞으로는 산에 대한 이용과 숲과 동식물의 공존공유에 대한 보다 깊이 있는 모색이 필요한 시점이 된 것이다. 그래야 산이 황폐화되지 않고 다양한 나무와 풀, 벌레, 동물, 새와 사람이 함께 숨 쉬고 자연 속에서 어우러지는 숲을 만들 수 있는 것이다. 숲의 공존공생을 위해서는 지금까지 녹색 개발로 인한 숲의 사

인생의
**마지막 순간**까지
**산속**에서 살아가는 것

막화로 자연재해가 발생하는 원인을 파악해 이를 사전에 예방하는 방법도 강구할 필요가 있다. 이제는 녹화만 강조하다가 녹색사막이 된 숲을 풍요롭고 다양한 숲으로 만들어야 할 분명한 이유가 생긴 것이다. 산이 푸르기만 하면 사막인 것이다. 경사진 산에는 천연림으로 보존하고, 토심이 깊은 산 하단부에는 유실수나 산채를 하고, 돌이 없고 수분이 잘 나오는 지역에는 조경수를 식재하여 단기소득을 기대해야 한다. 푸르고 아름다우면서도 풍요로워야 진정한 숲의 가치를 살릴 수 있는 것이다.

### 산림이용에 관한
### 효율적인 연구와 활용의 필요성 제기

국가 주도, 관 주도의 산림정책이나 산림 이용에 대한 획일적인 개발중심정책을 40년 이상 지켜봐 오던 지역의 산림임업전문가들이 제대로 균형 잡힌 산림정책과 개발정책을 제안하기 위해 '홍천 백년숲'라는 포럼을 만들었다. 관 주도의 산림정책으로는 보이지 않았던 산림 이용에 관한 효율적인 연구와 활용을 민간차원에서 해보자는 의도이다. 목재와 산림 관련 임업전문가들이 모여 실질적인 산 조림, 육림 이용법에 관해 연구하고 정책을 내놓자는 것이다.

지금까지의 숲 관리가 조림과 육림 차원에서 진행돼 왔다면 이제는 숲을 직접 가꾸고 자원을 만들어왔던 사람들의 입장에서 생산적인 정책이 나와야 한다. 지금까지 임업이 산에서 나는 버섯, 산양삼, 산나물 같은 1차 산업과 목재와 임산물을 가공하는 2차 산업이 주가 됐다면 이제는 현재의 트렌드에 맞게 서비스산업이 접목된 산림 6차 산업의 방향을 모색해 보아야 한다. 산에서 나오는 부산물을 가지고 음식도 만들고, 약용식품도 만들고, 휴식과 치유를 위한 시설도 짓고, 목재도 실용화해 다양한 각도로 경제적 수익을 높일 수 있는 사업을 구상하고 제안해 보자는 것이 포럼을 만든 사람들의 목적이다.

이제는 숲의 사업성과 다양성에 방점을 찍고 보다 심도 깊은 연구와 모색이 필요한 시점이 됐다. 자본주의 국가에서는 수익이 나야 지속가능한 산림 육성이 가능한 것이다. 우리가 국가에서 지원받는 게 아니라 수익을 낼 수 있는 방법으로 나무를 심고 가꿔서 산촌사람도 살 수 있고, 숲을 찾는 사람도 좋아할 수 있는 다양한 숲 레저 활용법을 모색할 시기가 온 것이다.

## 숲의 다양성을 저해하는 산림관행

식물생태학자들은 나무의 생장방식에는 고정생장형과 자유생장형 나무로 나눌 수 있다고 한다. 고정생장형 나무는 일종의 계획형 식물이라고 할 수 있는 나무로 자신의 성장환경을 스스로 감안해 계획적으로 자라는 나무로 소나무와 참나무류 나무들이 대표적이다. 반면 자유생장형 나무는 자유방임형 식물이라고 부를 수 있는 나무로 버드나무가 대표적이다.

식물생태학자들의 연구에 따르면 우리나라 사람들은 유독 속이 단단한 소나무와 참나무류 나무들을 좋아한다고 한다. 우리가 흔히 알고 있다고 착각하는 참나무는 산에서 쉽게 볼 수 있는 상수리나무, 신갈나무, 졸참나무, 굴참나무, 떡갈나무, 갈참나무 등을 말하지만 엄밀하게 말하면 식물분류로는 참나무류라고 분류한다. 그래도 한국 사람들이 도감에도 없는 참나무류를 좋아하는 이유는 아마도 참나무류의 열매인 '도토리'가 우리 식생활에 익숙하고 쉽사리 도토리묵으로 애용했기 때문일 것이다.

다양한 묘목 육성을 어렵게 만드는
양묘시장 구조

우리나라 나무 중 37% 정도는 사람이 나무를 심은 인공림이다. 인공림은 천연림에 비해 4배 정도 수확량이 높다고 한다. 인공 조림지는 경사가 완만하고 토심이 깊은 지역에 나무를 심는다. 반면 경사가 급한 지역은 기계 장비 작업이 힘들고 토심이 낮아서 경제성이 떨어지기 때문에 천연림으로 두는 편이 좋다.

나무 조림을 위해서는 양묘장에서 묘목을 생산해서 1~20개 정도씩 묶음을 해서 차량으로 이동 후 조림지 인근에 가식을 한 후에 인력을 준비 후 날짜를 택해서 식재를 한다. 묘목 굴취 - 묶음작업 - 1차 가식 - 다시 굴취 - 이동 - 조림지 인근 2차 가식, 다시 재굴취 해서 바구니에 담아서 산에서 식재가 이루어지는 과정이 되풀이되는 것이다.


건강하고 아름다운 숲을 만들기 위해서는 나무를 벌채하고 적당한 나무를 심으면 될 것 같지만 여기서 한 가지 짚고 넘어갈 부분이 있다. 바로 나무 묘목업자들의 강력한 카르텔 형성으로 인해 다양한 묘목 육성이 어렵다는 점이다. 우리나라는 벌써 50년 동안 숲의 벌채와 식목이 일정한 패턴으로 진행돼 왔기 때문에 나무를 베면 나무를 베는 사람이 있어야 되고, 벤 목재를 이용하는 사람이 있어야 하고, 벤 자리에 다시 나무를 심는 사람이 있어야 한다.

그러기 위해서는 그 산에 나무를 심어야 되고 풀을 베고 어린 나무를 가꿔야 한다. 나무를 심고 비료를 주고 풀 베기를 해서 어린 나무를 키워야 하는 것이다. 무엇보다 산림을 효과적으로 이용하기 위한 목적으로 나무를 키워야 하는데 여기서 중요한 것이 산에 심을 묘목이 있어야 된다는 것이다.

올해 나무를 베고 나서 내년 봄에 나무를 벤 자리 근처를 보면 자발적으로 풀이라든지 나무의 싹이 자랄 터전이 조성이 된다. 평균적으로 손톱만한 크기의 흙덩어리 안에는 삼만 개의 씨가 있다고 한다. 땅속에서 잠자는 풀씨, 나무씨가 숨어 있다가 나무가 베어지고 나서 햇빛이 들어오면 자기들이 스스로 땅 밖으로 나올 환경이 됐다고 판단하고 우후죽순으로 싹이 나오게 되는 것이다.

나무를 벌채한 지역이나 산불 등으로 숲이 사라지면 첫해에는 가벼운 씨들, 민들레 풀씨 같은 가볍게 날아다니는 씨들이 먼저 다

른 땅으로 날아가 정착을 한다. 그리고 2년째가 되면 싹이 나오기 시작하고 조금 더 무거운 씨는 3년째부터 땅속에 숨어 있던 씨들이 발아해 땅으로 싹을 틔우게 되는 것이다. 그렇게 야생에서 발아할 조건어 된 나무들이 벌써 눈을 뜨고 깨어나기 시작하면 인공적으로 나무를 심을 때는 그 나무들이 자리를 잡을 수가 없는 것이다. 그래서 해마다 베어낸 나무만큼의 나무를 바로 심어야 하는 것이다. 올해 베어낸 만큼의 나무를 내년 봄에 심어야 하는 것이다.

봄에 심을 나무는 사실상 4-5년 전부터 계획에 있어야 하고, 그 나무는 2-3년 전부터 양묘를 시작해야 한다. 잘못 선정된 나무의 결과는 2-30년이 지나야 알 수 있다. 잘못된 산림행정의 단적인 사례로 산불 피해 복구현장에 다시 소나무를 심는 정책을 들 수 있

다. 우리나라 동해안지역은 겨울에는 눈이 많이 내리고, 여름에는 태풍 등 바람의 영향으로 폭우가 많이 내려서 물 피해가 발생하지만 건기에는 강이 마르고 식수조차 구하기 어렵다. 이런 지역에는 소나무가 잘 크고 우점한다. 소나무 잎은 바늘처럼 되어 있어서 활엽수보다 가뭄에 강해서 바위 위에서도 자란다. 하지만 솔잎에는 송진이 함유돼 있어 건조기에는 화약일 정도로 불이 잘 붙는다. 불에는 굴참나무나 은행나무가 내화성이 강하다. 은행나무는 베어 10년을 방치해도 건조가 안 되고 껍질안쪽은 물탱이다. 은행잎은 강제로 태워도 잘 안 탄다. 그래서 목재건축이 많은 사찰 주변에 은행나무를 많이 심는 것이다. 이처럼 산불에 강한 나무가 있음에도 불구하고 쉽게 바꾸지 못하는 게 산림행정의 현실이다. 조직이 비대해지고 이해관계자가 많아지니 새로운 방법을 모색하지 못해서 이런 탁상행정이 그대로 이어지는 것이다.

산에 나무를 심을 땐 산의 면적이 워낙 방대하기 때문에 심을 때 몇 백 개씩 심는 게 아니라 한 번에 몇 십만 주에서 크게는 100만 주를 심어야 한다. 그러려면 그만큼의 나무가 생산돼야 한다. 예를 들어 100ha를 벌채했다고 하면 그 다음 봄에 300,000주 정도의 나무를 심어야 하는 것이다.

이 많은 묘목을 어디서 구하겠는가. 그러니 이 일을 전문적으로 하고 공장화 되어 있는 묘목업자가 있어야 하는 것이다. 묘목을 전문적으로 대주는 사람이 필요한 것이다.

산에 나무를 심는 흐름을 누가 끌고 가느냐에 따라 그해 심을 나무의 종이 결정된다. 나무를 생산하는 양묘업자들이 정하는 나무를 심을 수밖에 없는 이유가 여기에 있다. 쉽게 말해 양묘업자들이 내년에 이 산엔 '한 백만 수'를 생산할 수 있다고 하면 그 산에 백만 수를 심을 수 있는 면적에만 벌채 허가가 나는 식이다. 한마디로 양묘업자들이 나무 종이나 조림정책을 결정하는 것이나 다름없다.

그러다 보면 양묘를 생산하는 사람은 당연히 잘 자라는 나무를 만들지, 자라기 어려운 나무는 잘 안 만들려고 한다. 그런데 자연의 이치가 참 오묘해 만들기 쉬운 나무엔 불량 형질이 많게 돼있다. 우리나라 산에 많이 자라는 아카시나무나 소나무는 사실 형질은 좋지 않고 쓸모가 큰 나무도 아니다. 그런데 이 나무들은 토양 조건만 맞으면 어디든지 발아가 잘 된다. 자기들이 발아시킬 수 있는 조건만 주어지면 어디서든 잘 자라게 된다. 그래서 씨가 잘 발아되고 녹화가 잘 되어 시각적인 효과가 큰 자작나무나 낙엽송, 소나무, 잣나무를 양묘하는 것이다. 쓸모가 덜한 불량나무가 쓸모 있는 나무를 젖혀버리고 우세종이 되어 버린 형국이다.

숲의 다양성을 훼손하는
지원 지정수종의 문제점

우리나라 산에 나무를 심는 메커니즘이 이렇다 보니 좋은 나무를 심기보다는 공급과 유통이 편리한 나무가 심어지고, 그것이 정형화되어 바꾸기 어려운 관행이 되고 말았다.

나무라는 게 금방 생산량을 늘려서 심을 수 있는 것도 아니고 일 이년 만에 공장처럼 야간작업을 해서 생산량을 늘릴 수 있는 것도 아니다 보니 무엇보다 묘목업자가 어떤 나무를 육성해 놓았는지에 따라 산에 심는 나무도 영향을 받을 수밖에 없는 것이다.

지금까지 묘목 식수가 이렇게 획일적으로 된 데는 나라에서 수종을 정해놓고 다른 나무는 지원을 안 해 주는 나무 식목 지원정책이 큰 영향을 미쳤다. 정부가 지정한 품종 외에는 지원도 안 하고 생산도 안 하니 당연히 숲의 다양성이 없어지는 것이다.

나무 생산업체가 만약에 소나무 생산을 하면 소나무가 그 정책에 반영이 되는 식이다. 나라에서 생산업자의 의견만 듣고 다른 품종 제안은 채택하지 않는 것이다. 한마디로 묘목생산자들이 자작나무를 생산한다고 하면 정부에서는 자작나무를 정책에 반영해서 그것밖에 못 심게 하는 것이다. 산림정책의 다양성이나 타당성이 사라지는 순간이 아닐 수 없다.

이처럼 양묘업자가 양묘하기 좋은 나무 수종으로 양묘가 한정되다 보니 쓸모가 많고 숲의 다양성을 이루는 데도 큰 몫을 하는 찰피나무나 헛개나무, 다릅나무와 같은 형질 좋은 나무는 잘 양묘하지 않는다. 피나무는 아주 좋은 재질의 나무로 옛날 바둑판을 만들 때 최고의 재료이다. 또한 피나무에서 나오는 꿀은 최상의 달콤한 꿀로 아카시나무 꿀보다 두배 이상 꿀이 많이 나온다. 헛개나무는 꿀이면 꿀, 차면 차, 약용이면 약용, 안 쓰는 데가 없이 열매, 잎, 나뭇가지가 다 식용·약용식물로, 누가 이름을 '헛개'라고 지었는지 헛웃음이 나올 정도로 쓸모가 다양한 나무이다.

그런데 헛개나무는 관리가 잘 안 되고 빨리 자라지도 않고 어렸을 때 동해(凍害)를 잘 입다 보니 생산하면 클레임이 잘 들어와 양묘업자들이 생산을 꺼리는 수종이다. 피나무는 나무 결이 워낙 좋아서 방향 가는 대로 딱딱 깎이는 재질의 상당히 좋은 나무이다. 빨리 크고 꿀도 많이 나오는 쓸모가 많은 나무인데도 이런 나무들은 아직도 생산을 안 한다.

이런 나무들은 관리하기는 어려운데 수익이 크게 나지는 않으니 양묘업자들이 경제성이 안 맞는다는 이유로 양묘를 안 하려고 하는 것이다.

나무의 효용성이나 다양한 쓰임을 위해서는 다용도의 나무들도 산에 좀 많이 심어서 유실수도 되면서 다양한 품종도 나와야 산과 숲의 다양성이 더욱 깊어지는 것이다.

우리 산과 숲의 생명은 다양성이 생명이다. 새롭고 다양한 나무들이 심어지지 않고 한정된 나무로만 숲이 구성되면 숲은 황폐화되고 다양성이 없어져 버리는 것이다.

홍천 산림에 최적화한
경제수종을 키우자


　나는 지난 50년 동안 산을 지키고 숲을 가꾸면서 이런 식의 나무 조림정책은 정당한 방법도 아니고 최선의 방법은 더더욱 아니라는 생각을 굳히게 되었다. 그래서 홍천 산림자원에 대해 전문적인 식견을 갖춘 홍천 임업인들과 함께 '홍천 백년숲 포럼'을 만들어 풍요롭고 아름다운 산촌을 만드는 데 필요한 기반사업을 홍천군에 제안하기로 했다. 우리 시대에는 못해서 실패했지만 다음 세대들은 성공할 수 있도록 홍천의 산에 맞는 산림정책을 만들기로 했다.

　'홍천 백년숲' 회원들은 30년 이상 나무를 심고 숲을 가꿔 온 이론과 실무를 겸비한 최고의 산림전문가로, 홍천지역의 특용수 단지를 만드는 초석이 되기로 했다. 홍천군은 특잡(특수잡목)이 많은 지역으로 과거에 "동아연필공장"이 있었다. 연필과 바둑판은 찰피나무가 최고다. 홍천지역은 찰피나무 자생지역임에도 양묘나 조림이 전무한 실정이다. 우리나라에서 밀원수 중에 찰피나무는 최고의 품질은 물론 최고의 밀원수로 인정하는데 비해 여러 가지 문제로 양묘되거나 식재되지 못하고 있는 실정이다.

　최근 국립산림과학원에서 조직배양으로 성공한 묘를 양여 받아서 양묘를 해서 회원들이 직접 식재하기를 원하고 있다. 차후 기술이 안정되고 생산량이 증대되면 관내에 판매를 목적으로 하고 있다. 홍천의 지역적 특성에 맞는 찰피나무와 헛개나무 중심으로 양묘 사업을 하면 지속가능한 일거리 창출은 물론 산촌 소득 증대도 예상된다. 이 사업은 홍천군청 및 홍천군 산림조합, 관내 500명의 산주를 중심으로, 차후 홍천 백년숲 회원으로 동참하기를 원하고 있다. 앞으로 점진적으로 사업을 확대해서 홍천군 내 특용수 단지를 만드는 시발점이 되고자 한다.

지금도 다릅나무나 피나무 같은 귀하고 고가의 진짜 좋은 나무들은 육묘를 잘 못한다. 귀하고 쓰임이 많은 나무일수록 산에 활착해 살아남는 나무가 많지 않기 때문이다. 50년을 산을 가꾸고 나무를 연구한 임업인으로서 다릅나무나 피나무, 헛개나무 같은 좋은 자원을 많이 만들어보는 게 꿈이다. 무엇보다 생태적으로 다람쥐가 심는 나무가 월등히 효과적인 조림을 해서 천년이 가는 이치를 깨우치고 싶다. 자연의 어떤 신비로운 법칙이나 묘수를 따져보고 자연이 키우는 자생력을 터득해 좋은 나무들을 오래도록 많이 키워보고 싶다.

# Chapter 2

# 숲속 트리하우스는 자연 힐링쉼터

## 사람들은 왜 나무 위에 지은 집을 좋아할까

600만 년 전의 인류의 조상들은 천적인 맹수를 피해 숲을 나왔지만, 현생인류는 커다란 맹수가 아니라 보이지 않는 작은 바이러스를 피해 도시를 떠나 숲으로 들어가고 있다. 주중에는 도시 숲이나 공원을 찾고, 주말에는 숲으로 간다. 숲속의 공기는 수풀(樹草)이 정화하기 때문에 미세먼지가 적고 공기 중에 산소 포화도가 높기 때문에 숲을 찾는 것은 자연스럽다.

트리하우스 – 나무 위 보금자리,
자연의 쉼터 · 놀이터

　사람들은 왜 나무 위에 지은 집을 좋아할까. 저마다의 취향 차이
도 있겠지만 트리하우스는 사실상 집이라기보다는 어떤 휴식처,
쉼터로 느껴지기 때문에 편안하고 아늑한 보금자리 같은 감성으로
좋아하지 않나 생각해본다. 우리가 하우스라고 하면 온전히 주거
의 목적이 대부분이지만 트리하우스는 '트리+하우스'에서 느껴지
는 것처럼 쉬거나 휴식을 취하는 피난처 같은 느낌이 드는 공간이
라고 할 만하다.

　나무 위에 집을 지으면 한여름 뜨거운 햇볕이 내리쪼여도, 눈이 내려도, 찬 이슬이 내린다 해도 언제나 편한 휴식을 제공한다. 자연 경관을 해치지 않고, 자연적 거리를 유지하는 숲속 여기저기 나무 위 작은 오두막은 새롭지만 원초적 휴양이 된다.

　숲속의 별은 언제 보아도 크고 아름답다. 숲속 트리하우스는 가장 오래되고 편한 안식처이다. 숲은 휴식이며, 숲은 만병통치 약국이다.

　나뭇잎은 햇볕을 차단하는 커튼 역할을 할 뿐만 아니라 뿌리 삼투압에 의해 흡수/전달된 수분을 나뭇잎의 증산작용으로 대기 중

으로 발산하기 때문에 더 시원하다.

지표면에는 곤충과 낙엽 등 잔재물로 인해 탁한 냄새가 나지만 나무 위의 공기는 나뭇잎으로 인하여 공기가 맑고 전망이 좋다.

이런 감성적인 느낌은 어린아이들에게는 일종의 놀이터+쉼터+보금자리의 안락한 놀거리를 제공하는 숲속 아지트 같은 기분이 들게 할 것이다.

트리하우스는 이렇게 주거지도 되고 쉼터도 되고 놀이터도 되다 보니 가족끼리 트리하우스에 머물 때는 나무 위 집에서 오순도순 맛있는 것들을 먹는 남다른 가족애마저 자아내게 할 수 있는 무척 독특한 감성의 쉼터가 될 수 있다.

나무 위 집에 앉아 엄마와 아이가 도란도란 이야기꽃을 피우고 아빠는 나무 밑에서 먹을 것을 정성껏 만들어 나무 위 집으로 조달하는 동화속 집 같은 풍경. 마치 독수리 둥지 같은 집, 어미 새가 알을 품고 아빠 새가 먹이를 물어다 새끼 입에 먹이는 유난히 핏줄이 당기는 아름다운 풍경이 연출되는 곳. 이게 바로 가족의 사랑이고 가족의 분담 역할이 아닐까 싶은 심정이 자연스럽게 우러나오는 트리하우스에 머무는 가족의 풍경. 평소엔 엄마가 밥을 해주고 케어 하는 역할이었다면 야생에 와서는 아빠의 원천적인 역할을 보는 자연 속 인간의 아주 자연스런 한 장면이 아닐 수 없다. 인류의 아주 오래전 원초적인 아빠의 모습은 수렵 채집하고 천적으로부터 방어를 하는 모습일 것이다. 트리하우스에 온 아빠는 그런 신석기 시대의 수렵채집인으로서 원초적인 역할을 재미있게 수행하며 우리가 잊고 살았던 자연 속 인간의 향수를 재현하게 되는 것인지도 모른다.

트리하우스,
내 어릴 적 로망을 실현해주는 공간

트리하우스는 어린 시절부터 꿈꾸었던 내 오래된 로망이었다. 트리하우스는 산을 지키고 나무를 가꾼 내 오랜 바람이 하나둘 쌓

여 만든 가장 아끼는 나의 보물창고이자 뷰맛집이다. 트리하우스
에서 주변 숲을 보면 탁 트인 전망이 일망무제(一望無際)로 펼쳐지고
시원한 바람이 콧등을 간질이며 얼마나 더 행복하려냐며 시샘 어
린 투정을 부리는 듯하다.

　요즘은 우리네 주거생활이 대개 아파트고 집단 거주생활을 하다
보니 누구에게나 원초적인 감각을 불러일으키는 생활을 할 수 있
는 여지가 막혀 있는 실정이다. 이처럼 답답하고 꽉 막힌 아파트 생
활자가 자기 집을 벗어나 숲속의 나무집에서 사방이 뻥 뚫려 있고
다 같이 공존하면서 자연을 호흡하고 자유롭게 숨 쉴 수 있는 감성
의 공간이 되고 있어 사람들의 원초적인 로망을 자극하게 되는 것
이다.

트리하우스에서 바라보는 시각적인 뷰는 확실히 도심의 꽉 막혔던 공간의 답답함을 해소해주는 시원하고 확 뚫린 특별한 감성을 느끼게 한다. 우리네 일상은 어쩌면 천길 깊은 땅속에서 지하철을 타고 수천 세대가 같이 사는 아파트라는 깡통 속에 갇혀 사는 것인지도 모른다. 그런데 그 새장 같은 아파트 닭장에서 벗어나 나무 위에서 세상을 내려다보는 감은 아주 색다른 것이다. 색다른 만큼 우리의 원초적인 감성을 깨워주는, 내 안에 잠자고 있던 그 원시의 감성을 깨우는 것. 그 순수하고 아름다운 자연으로의 인간 본연의 모습을 가장 자연스럽고 편안하게 느끼고 쉴 수 있는 색다른 휴식처가 바로 트리하우스이다.

트리하우스가 보이는 도로가에서 트리하우스 계곡야영장을 설핏 보면 우거진 소나무 숲밖에 잘 보이지 않지만 입구로 내려서면 소나무에 둘러싸인 새집 같고 다람쥐집 같은 톰소여의 오두막집 같은 트리하우스가 대여섯 채 있다. 한 집은 오각형 새집이 공중에 떠있는 것 같고, 또 한집은 우거진 나무 사이로 나무텐트가 그늘막을 치고 자리하고 있다. 어떤 집은 종이로 만든 집 같고, 또 다른 집은 아름드리 소나무 위에 널찍하게 자리 잡은 독수리 요새 같은 집이다. 멀리서 도란도란 이야기꽃을 나누는 어느 가족의 대화에서 꼬마숙녀의 재잘거리는 소리가 들려온다. "여기는 엄마방, 여기는 아빠방, 내 방은 다락방으로 하면 재미있겠다." 가족들의 평화로운 이야기꽃처럼 나중에 집을 지으면 그렇게 지어도 괜찮을 것 같은

그림 같은 집들. 식구마다 한 채씩 마음 맞는 곳에 들어가 저만의
로망을 펼치고 싶은 곳. 평생 나무를 가꾸며 꿈꾸었던 나만의 로망
이 트리하우스에서 아름답게 꽃피고 있다.

## 완전친환경건축, 트리하우스

지구촌 어느 지역이든
그곳에서 주로 나는 원료를 건축재로 활용해

지구상의 어느 지역이든 그 지역의 풍토나 환경을 이용해서 그곳에서 나는 원료를 주 건축재로 쓰곤 한다. 몽골 같은 초원지대에 사는 사람은 건축자재라고 할 만한 것이 양이나 말밖에 없기 때문에 가축의 가죽으로 거주지를 만들고, 양이나 말의 배설물을 말려서 연료로 쓰고 굳혀서 건축재로 쓰기도 한다. 에스키모인들은 표범이나 물개의 가죽을 이용해 옷도 만들고 쉘터를 만들곤 한다.

진흙이 많은 중국에서는 진흙을, 핀란드나 영국, 이탈리아 지역은 돌이 많은 지대이기 때문에 돌을 이용해서 집을 짓고 지붕은 가벼운 나무로 올리는 것이다. 유럽의 대부분의 성당이나 주택은 다 그런 식으로 짓는다. 자기 지역에서 구하기 쉬운 건축 재료를 가지고 주거시설을 만들고 건축물을 짓는 것이다.

우리나라는 돌이 많아도 지형이 평탄치가 않아서 운반이 힘들어 건축재로 잘 사용하지 않았다. 옛날엔 집을 짓게 되면 골격은 나무로 하고 그 사이를 진흙으로 메우는 건축 구조방식을 주로 취하

였다.

우리나라 산에는 참나무가 많지만 참나무는 워낙 무겁고, 재질이 강하기 때문에 가공성이 떨어져 건축재로 쓸 수가 없었다. 또한 참나무는 비중이 너무 높아서 잘라도 너무 무거워 운반을 하기도 어렵다. 이에 반해 침엽수는 가볍고 가공성이 좋아 소프트한 트리하우스를 만드는 데는 여러 모로 활용도가 높아서 주목재로 사용한다. 트리하우스를 만드는 데는 주변에 많이 있는 소나무나 낙엽송을 이용했다.

트리하우스 건축 원칙,
우리 산에서 나는 나무를 최대한 활용하자

트리하우스를 지을 때의 내 나름의 건축 원칙은 바로 우리 산에서 나는 산림자원을 최대한 활용하자는 것이었다. 트리하우스를 짓는 데 주로 쓰이는 목재는 우리나라 소나무와 낙엽송이다. 소나무는 재질이 똑바로 곧게 뻗지 않아서 좀 삐뚤빼뚤한 부분도 있지만 그 자체로 자연스러운 소나무의 결을 살려 벽이나 기둥보에 활용하곤 했다. 트리하우스 자체가 거대한 건물이나 시설물을 만드는 것이 아니라 쾌적한 주거시설이나 어떤 피난처, 쉴터를 만드는 것이기 때문에 나무 위에 무겁고 강한 시멘트나 철근을 올릴 수는 없는 것이다.

트리하우스는 나무 위에 집이 있고 주변엔 자연이 그대로 살아 숨 쉬는, 자연과 인간이 함께하는 새로운 개념의 자연 힐링 하우스이다.

보통 나무에 기둥을 설치하고 나뭇가지에 집을 얹어 놓는 것이 일반적인 트리하우스의 전형적인 모습이다. 하지만 내가 만든 트리하우스는 나무에 큰 부담을 주지 않고 최소한의 가벼운 자재를 써 나무 위에 집을 올려놓는 구조로 만든 새집 같은 집이다. 나무 위에 무거운 집을 올려놓는 것도 모자라 사람까지 거기 올라가 있으면 나무가 얼마나 무겁겠는가.

[**트리하우스 타입 1**] 두 나무 사이에 만든
내부가 정 4각형 트리하우스

[**트리하우스 타입 2**] 나무 기둥이 벽체로 들어온
트리하우스

    내가 지은 트리하우스는 별도의 기둥을 설치해 최대한 나무에 부
담을 덜 주도록 만들었다. 이런 슬림한 구조의 트리하우스를 한 20
년 동안 전국에 짓고 다니다보니 나무에 부담을 최소화하는 내 나
름의 건축법을 터득하게 되었다. 그래서 나무나 숲을 훼손시키지
않고 집을 짓는 방법을 고안해냈다. 트리하우스 건물은 최소한의
자재로 짓고, 메인 포스트를 설치해 그 안에 철근을 30가닥을 넣는
건축방식을 따랐다. 메인 포스트 안에는 상하수도와 전기선을 넣
어서 매립해 놓았다. 배관이나 전기가 바깥으로 노출이 되면 좋은
경치가 훼손되기 때문에 콘크리트 기둥을 별도로 설치해 그 안에
중요한 시설들을 넣고 나무 부담은 최소화하는 집짓기를 시도했

**[트리하우스 타입 3]** 나무 기둥이 트리하우스 내부로
들러와서 나무 향이 나는 진짜 트리하우스

다. 그리고 트리하우스에 들어가는 재목은 모두 국산나무로만 사용했다. 이처럼 자연 속에서 공생하는 트리하우스의 개념을 철저히 살려 설계부터 시공까지 직접 지은 트리하우스를 통해 숲벌이를 하면서도 숲에서의 공생공존을 실천하고자 했다. 트리하우스는 나무 위에 나무로 만든 집이다. '이러저러한 집이 트리하우스다'라는 규정은 없다. 단지 나는 산속에는 거기에 맞춤한 형태의 집이 있어야 된다고 생각했다.

나무가 주재료이기 때문에 즉시 열 수 있는 문을 만들고 기초부터 마감, 벽체 등은 다 우리 산에서 나는 소나무나 전나무 등을 사용해서 자연스러운 감성을 살려내고자 했다. 자연에서 자란 조선 소나무의 휘어지고 비스듬한 본래의 가지를 훨씬 멋스럽게 연출하고 싶었다. 이렇게 소나무로 트리하우스를 다 짓고 나면 규격화된 멋보다는 자연스러운 미려함이 더 살아나곤 했다. 결국 내 나름의 목재건축 철학은 그 지역에서 자란 나무가 최고라는 것이다.

우리 지역엔 홍천의 숲에서 자란 나무가 최고의 목재라고 본다. 내 몸과 흙은 같은 것이고 우리 몸이 흙에서 태어나서 흙으로 돌아가듯이 우리 집도 우리 나무로 지어서 사라질 때는 바로 자연으로 돌아갈 수 있도록 하자는 것이 트리하우스 건축의 원칙이다.

완전 친환경 건축을 표방한
트리하우스

트리하우스 설치는 자연과 어우러진 나무가 있는 산지에 위치한 지역이 적합하다. 숲으로 둘러싸인 트리하우스 주위론 계곡이 있고 수량이 풍부한 개울이 흐르면 더 좋다. 가급적 자연스러운 산림과 여유로운 경치가 그대로 유지되는 곳이 좋다. 이런 곳에서는 굳이 평탄작업을 따로 할 필요도 없고 특별하게 인공적인 조성을 할 필요도 없다.

우리가 집을 짓기 위해서는 가장 먼저 진입로를 만들어야 하고, 가스나 전기 같은 인프라를 설치해야 한다. 또한 정화조를 만들어 오폐수가 나가야 되고 조달과 저장이 가능한 연료를 써야 한다. 그렇게 하다 보면 부지도 커야 하고 보일러실도 있어야 하고 창고도 있어야 하니 자연히 집이 커질 수밖에 없다.

하지만 트리하우스는 자연의 재료(소나무, 참나무 등)로 자연 속에서 거주한다는 개념으로 아주 미니멀하게 Tiny house(쉬어가는 집, 최소 주택) 형태로 지었다. 트리하우스가 생태주택이 될 수밖에 없는 이유는 나무 위에 집을 지어야 하기 때문에 소프트하고 가벼운 자재로 집을 지어야 나무 위에서 버틸 수 있기 때문이다.

나무 위 집에는 중량감 있는 콘크리트나 철근, 유리를 사용할 수가 없다.

콘크리트 돌과 철근은 열 팽창 개수가 동일하고 나무는 온·습도에 수축팽창을 한다. 콘크리트와 쇠는 목재와 같이 쓰면 안 된다. 그런데 철근과 쇠와 유리는 팽창개수가 같아서 현대건축에서는 철근, 콘크리트, 유리를 주재료로 쓴다. 시멘트 일 톤, 철근 일 톤, 유리 일 톤을 생산하기 위해서는 탄소가 2.7배 이상 배출되는 것이다. 탄소 배출을 많이 시키는 물질은 환경 파괴의 주범이 된다.

트리하우스를 짓는 데 쓰는 나무는 오히려 탄소가 마이너스로 카운트 된다. 나무의 구조는 탄소가 30%로 구성돼 있기 때문에 나무를 '탄소통조림'이라고 부른다. 그래서 나무로 지은 트리하우스는 탄소가 고정돼 더 줄어드는 것이다. 한마디로 친환경 건축물이 되는 것이다.

나무는 흔히 '이산화탄소 통조림', '탄소 지우개'로 불린다. 나뭇잎이 갖고 있는 엽록소와 태양 에너지의 작용으로 공기 중의 이산화탄소를 흡수하고 대신 산소를 내뿜어 공기를 정화시키기 때문이다. 이는 지구 온난화 방지에도 매우 효과적이다.

또한 나무는 재생 가능한 자원이기에 원목 그대로 사용하게 되면 목재 가공 시 들어가는 에너지가 철, 시멘트 등에 비해 매우 적어 이산화탄소 방출량도 적고, 폐기할 때 발생하는 유해 물질도 사실상 없다.

건축 재료로써, 목재는 습도 조절 및 단열 효과가 뛰어나 여름에는 시원하고 겨울에는 따뜻한 주거공간이 된다. 또 나무의 무늬와 색상은 편안함과 친숙함을 준다. 아울러 목재에는 살균과 방취 효과가 있어 건강한 주거생활을 영위할 수 있게 된다.

내가 신한옥이든 트리하우스든 집을 짓는 데 나무를 고집해온 데는 탄소에 대한 문제의식이 컸다. 이렇게 대기 중 탄소 농도가 늘어나면, 온난화로 인한 생태계의 교란이 와서 지구 전체적으로 큰 위험에 처한다는 사실은 이제 상식이다. 그래서 시멘트, 쇠 사용을 최소화하고 주변 자연에서 쉽게 구할 수 있는 흙과 나무와 돌로 집을 짓자는 것이 나만의 고집스런 건축 철학이 되었다.

## 실내는 친환경냉난방시스템
## 구축에 노력해

트리하우스는 자연 속에서 생활하기 때문에 자연스럽게 냉난방이 된다. 현대적인 일상생활에서 벗어나 며칠 자연에서 즐기는 캠핑 목적의 트리하우스 사용엔 자연의 바람과 가져간 옷 등으로 냉난방을 어느 정도 해결할 수 있다. 나무 위에 있으니 바람이 솔솔 불어 에어컨을 틀 필요가 없고 더우면 시원한 계곡에서 물놀이를 하며 더위를 식히면 된다. 자연으로부터의 에어 컨디션을 받는다고 생각하면 고정적인 집에서의 인공 에어 컨디션은 야외에선 별로 소용이 없어지게 된다. 최신 현대 집이 사람에게 맞추는 냉난방 시스템이라면 트리하우스에선 내가 자연에 맞추는 것이다.

가끔 우리 집을 찾는 신문기자나 산림 관련 공무원 등은 집안을 둘러보면서 신기해하는 경우가 많다. 우선 내가 대접하는 음료부터 숲에서 채취한 수액이니 천연의 자연 넥타를 마신다며 좋아한다. 그리고는 집안 곳곳에 있는 목재 가구나 벽난로, 벽난로에 붙어 있는 신기한 장치들을 보며 하나하나 질문공세를 퍼붓는다. 그러면 내가 항상 하는 말이 "이것 하나면 기름 한 방울 없이도 방을 따뜻하게 만들 수 있다."고 자신 있게 말한다. 여기에 더해 탄소 제로 하우스에 대한 구상까지 덧붙여 설명한다.

"요즘은 단열이 잘돼서 '패시브 하우스(에너지가 밖으로 빠져나가는 것을 최대한 방지하는 집)'라는 것도 나오고, 열효율이 높은 집도 많이 나오는데요. 저는 '탄소 제로 하우스'를 꿈꿔봅니다. 시멘트 1톤을 만드는 데 탄소가 2.7톤이 발생하거든요. 쇠 1톤을 만들려면 또 엄청난 탄소가 발생해요. 또 해외에서 나무를 수입해 오면, 물류비도 비용이지만, 탄소 발생도 만만치 않죠. 40년 전 제가 공부할 때만 하더라도 대기 중 이산화탄소 농도가 300ppm 정도였는데, 현재는 400ppm을 넘어섰습니다. 그래서 트리하우스의 환경친화형 건축을 통해 제 나름의 환경 실천을 하려고 합니다. 그리고 실내 페치카를 손수 만들어 열효율을 높이는 방식을 택하고 있습니다."

나는 주거생활을 통해서도 내 나름의 친환경난방시스템을 실현하려고 노력한다. 그 노력의 일환으로 실내에선 페치카(벽돌과 흙 등으로 만든 난로)를 만들어 난방과 온수를 쓰고 있다. 일단 벽돌로 만들었으니 주물난로보다 열을 오래도록 잡아두고 있어, 새벽이 되어도 금방 식지 않고 따뜻하다는 장점이 있다. 이뿐이 아니다. 난로는 실내 공기를 사용해 연소를 하는 게 일반적이다. 이렇게 되면 따뜻한 공기가 연통을 타고 밖으로 빠져나가게 된다. 이 단점을 보완하려고 바깥공기 흡입구를 따로 만들어 연소에 사용하고 있다. 거기에 온수 저장통도 연결해 물을 데워서 쓰고 있다. 열효율이 높아지는 게 당연하다.

## 우리 나무 활용의 한수, 트리하우스 짓기

　평생을 들여 가꾼 나무로 어릴 적 꿈인 나무 위의 집을 짓고 싶었다. 산속에는 산의 정서가 있는 것을 해야 한다. 산의 어매니티 (amenity)가 있는 것을 만들고 싶었다.

　트리하우스의 시작은 그리 거창한 것이 아니었다. 당시엔 회사에 다닐 때라 큰 공사를 벌일 수도 없었다. 우선 미흡하나마 2002년에 강원도 깊은 산속 계곡가에 3m 임도를 개설하고, 높은 쪽엔 잣나무를 심고, 햇볕 잘 드는 평지에는 산돌배나무를 심었다. 처음에는 농장 관리용 작은 관리사를 만들었고, 2013년 퇴임해 본격적으로 트리하우스 짓기에 돌입했다.

　복잡하고 어려운 건축 인허가 과정을 거쳐
　숙박용 트리하우스 준공 마쳐

　트리하우스는 100% 국산 낙엽송으로 만들었다. 트리하우스를 짓기 위해 건축 관련 공부도 참 많이 했다. 설계와 시공법을 독학으로 배웠고 많은 시행착오를 거쳐 새로운 형태의 트리하우스를 완성해냈다. 직접 지은 트리하우스는 가설건물이 아니라 정식 건축

허가를 받은 집이다. 불법이나 등록되지 않은 건물을 만들 수는 없었다. 그래서 사전에 허가관청에서 정당한 절차에 의해서 허가를 받고 차근차근 내 방식대로 집을 짓기 시작했다. 트리하우스는 '국토이용관리법'이나 건축법에는 없다. '산림문화휴양에 관한 법률'에 트리하우스 건축 조항이 있고, 2016년에 개정된 '산림문화휴양에 관한 법률'에 신규조항으로 개정 삽입되어 트리하우스 건축이 가능할 수 있었다. 그래서 트리하우스를 건축해 본 사람도 없고, 견학을 하거나 물어볼 곳도 없었다. 트리하우스를 설계한 건축사도, 허가해 준 공무원도 없었다. 오히려 필자가 건축사에게 이런 방식으로 하자고 미리 설계도를 만들어줬고, 인허가 공무원들에게도

이해를 시켜야 했다. 원칙적으로 산에는 캠핑장이나 숙박시설이 허가난 적이 없었다. 산은 무조건 보전해야 한다는 국민의 정서와 공무원들의 고정관념 때문이었다.

농지의 농로(農路)와 산의 임도(林道)나 작업로는 3m 이내인 것이 보통이다. 야영장과 같은 대중이 이용하는 시설을 설치하기 위해서는 4m 이상의 진입로가 있어야 된다. 산지에서의 개발 행위에 최대 난제는 진입로 확보이다. 우리나라의 토지 조사는 1910년-1918년까지 대지와 전답, 계곡이 1/1,200 축적도로 정확하게 측량되었고, 임야 조사는 1917-1935년까지 대략 목측으로 대충 만들어졌다. 사실 지금도 산지 지형특성상 임지 측량은 정확하게 할 수 없다. 대지와 농지는 현황에 맞게 지적도 작성이 되어 오차가 30cm 정도이지만, 임야도는 1/6,000 축척비율이라 현황과 실제 지형이 6m 이상 오차가 생길 수 있다. 또한 구불구불한 산 능선이 실제 지적도에서는 일직선으로 그려져 있어 개발 시 많은 문제가 발생될 수 있기 때문에 주의를 해야 했다. 민원 등 여러 가지 조건 때문에 인허가관청에서도 산지 개발 허가는 불허하려는 경향이 있었다.

트리하우스 허가는 건축과, 하천관련 부서, 산림공원 부서, 관광과, 상수도, 하수처리담당 부서 등에서 승인받아야 했고, 한전, 전기안전공사 등 수많은 부서의 승인을 받아야 했다. 여기에 시장-군수를 경유해서 광역시장이나 도지사가 허가해 줄 수 있는 사항이었다. 이처럼 복잡하고 어려운 난관을 헤치고 어렵게 허가 준공을 받고, 세무서에서 사업자등록증을 발급받은 후 농협에서 야영장 보험에 가입 후, 네이버나 다음 등에 지명 등록 후 인터넷 사업 등록을 해야 사업을 할 수 있었다. 트리하우스는 집을 짓는 과정보다 인허가 사업 개시 등록이 더 어렵고 까다로웠지만 인생 수양한다는 생각으로 인내를 가지고 모르는 것은 공부해가면서 진행해 겨우 트리하우스 사업을 시작할 수 있었다.

준공을 받고도 2년 동안은 영업을 하지 않아서 허가 관청에서 영업을 하지 않으면 허가 취소를 하겠다는 통지도 받았다. 이 깊은 산속에 누가 오고, 그 많은 사람들을 어찌 감당할까.

야영장 운영에 큰 관심을 두지 않고 지내던 어느 날 주변에 펜션 하시는 대표님이 "왜 이 좋은 곳을 묵히세요?" 하면서 네이버에 사이트를 개설해 주셨고, 모든 인터넷 작업을 해주셨다. 용기를 주시고, 모든 인터넷 세팅을 해주신 이용숙 대표님께 이 지면을 빌어 진심으로 감사드린다.


색색의 트리하우스에 담긴
숲속 산책자의 꿈


트리하우스 계곡야영장에는 내가 손수 지은 땀과 노력의 결정체인 각양각색의 트리하우스가 5채 있다. 빨간 지붕, 파란 지붕, 까만 지붕, 하얀 지붕, 녹색 트리하우스 2.5평정도 규모로 국산 낙엽송

구조재에 판재로 마감을 했다. 집이라는 것은 지붕에 따라 명칭이 달라지기도 한다. 초가집, 기와집, 너와집, 굴피집, 억새집 등, 집은 비와 햇빛을 막아주는 지붕이 그만큼 중요하다.

20년 전 나무의 새로운 소비처를 실험하던 중에 너와집에 빠진 적이 있었다. 우리나라에서는 나무를 뽀개는 방식으로 지붕을 만들어서 거칠지만 이용율을 높였다. 경북 산간 강원도에서는 키 큰 무절참나무를 잘라서 한겨울 나무가 꽁꽁 얼었을 때 작두로 뽀개서 지붕을 올렸다. 울릉도 지방에도 너와집이 많았는데 울릉도에는 우산고로쇠나무가 우점하고 있어서 고로쇠나무로 너와나 우대기를 만들었다. 굴피나무가 많은 산간지방에서는 굴피집을 지었고, 억새가 많은 지역에서는 억새로 지붕을 만들었다. 트리하우스는 나무 위에 짓게 되기 때문에 지붕구조는 너와나 강판구조의 지붕마감이 적당하다.

트리하우스의 벽재는 11mm 은박단열재나 인슐레이션 단열재를 썼고 지붕은 칼라강판으로 얹었다. 트리하우스 옆으로 하늘을 향해 쭉쭉 뻗은 소나무와 참나무가 운치 있게 시원한 그늘막이 되어주었다.

트리하우스 밑에는 서브텐트를 설치해서 여러 명이 함께 이용할 수 있도록 했다. 이곳은 산이 깊어서 밤에 호랭이(?)가 나올 수 있기 때문에 어린이나 여성들은 나무 위에서 자고, 남자들은 땅바닥 텐트에서 자는 것이다. ㅎㅎ 들창을 열면 테크가 되고, 사용하지 않을

때는 문을 닫으면 관리가 용이하다. 나는 개방감이 우수한 들창을 좋아한다. 미닫이 창문이 하드탑 승용차라면 들창은 소프트탑 스포츠카처럼 멋진 바람을 선물한다.

2.6평의 작은 트리하우스는 크기에 비해 창이 많다. 창문이 그냥 아래를 향해 있으니까 보통 우리가 사는 집에선 볼 수 없는 기울여진 창으로 굉장히 특이한 구조다. 15도 각도로 기울어진 독특한 창, 바깥 풍광이 그대로 들어오도록 창을 수평방향이 아닌 아래쪽으로 향하게 설치해서 아래쪽이 잘 보인다. 실내에 앉으면 사방이 다 열려서 나무가 딱 보여 깊은 산속에 들어와 있는 느낌이다.

트리하우스의 또 하나의 야심작은 종이로 만든 빡스 트리하우스이다. 약간 균형이 맞지 않아 내부는 벌어진 오각형으로, 면적은 2.5평의 작은 사이즈이지만 옆으로 벽이 위쪽으로 벌어져 있어 공간은 훨씬 넓고 평수보다 굉장히 아늑하다. 이 종이상자 집은 종이박스를 재활용해 만든 완전 친환경 실험집이다. 이 집을 짓게 된 동기는 코로나 시대에 사람들이 종이를 너무 많이 버려서, 자원을 재활용해 보자는 취지로 골판지를 써서 트리하우스를 만들게 된 것이다. 겉은 종이상자지만 이래 뵈도 있을 건 다 있는 나름 첨단 시설을 구비한 트리하우스이다. 종이는 나무를 펄프로 만들기 때문에 종이도 나무다. 종이박스를 재활용하는 것은 나무를 사용하는 것과 같다. 종이박스가 충분했다면 내부도 종이로 했을 테지만 종이박스가 부족해서 내부는 나무 루바로 마감했다. 외부 종이박스는 목재용 발수처리제로, 습기 침투를 방지했다. 창문은 아크릴판으로 달았다. 출입문은 와인박스를 재활용해서 만들었다. 와인박스는 오동나무로 만들었는데 가볍고 가공성이 뛰어나서 출입문으로 제격이다.

천장은 한옥의 보처럼 연결되어 있는데 폭이 달라서 구조적으로 중요한 역할을 한다. 창문과 문에서 나오는 수직부재들이 기둥 역할을 하며 수평부재로 다 받쳐줘서 하중을 아래로 전달하고 있다. 또한 천장까지 다 나무목재로 마감을 해서 내부에서 보면 트리하우스가 맞다고 우겨 본다. 이 종이박스 트리하우스에서 들창을 열고 계곡을 감상하거나 물새들을 보는 재미는 마치 철새도래지의 조망대처럼 각별한 느낌으로 다가온다.

숲속 최소한의 쉼터이자 새로운 캠핑 트렌드,
나무텐트

도시의 일상에서 벗어나 공기 좋은 산 속에서 시간을 보내는 것은 좋은데 밤을 지샐 쉼터가 제1 조건이다.

강아지만한 작은 비버가 통나무를 이빨로 깎아서 강을 막아 댐을 만들듯이 이 대공사는 수대에 걸쳐 만드는 대공사이기도 하다. 비버가 댐을 막는 이유는 천적으로부터 안전하게 쉴 수 있는 공간을 만들기 위해서 엄청난 노력을 하는 것이다.

산속 자연인이 가장 먼저 해결해야 할 일이 거처를 마련하는 일이고 대부분 처음에는 텐트로 시작한다. 텐트는 얇은 천에 UV코팅을 도막을 열처리해서 자외선 차단과 습기에 강해서 방수와 부식에 저항력이 좋은 재질로 만들어진다.

텐트의 용도에 따라 소형 경량화 된 백패킹용 텐트, 일시적 나들이용으로 사용되는 그늘막 텐트, 기본 골조가 없이 설치가 간편하고 경량인 팝업 텐트, 바닥이 없는 대형 쉘터 텐트, 차량 내부와 함께 사용되는 차박 텐트, 주방과 침실 거실 일체형 리빙쉘 텐트가 있다. 텐트는 가벼워서 이동은 편리하지만 한곳에 오래 머무는 장박(長泊)을 하기에는 불편하다. 무더운 여름 텐트를 피칭하는 것은 많은 인내가 필요한 작업이고, 캠핑이 끝나고 눅눅한 텐트를 접는 일역시 고된 일이다.

그래서 나무로 텐트를 만들어 보기로 했다. 나무로 무엇을 만들려고 할 때 먼저 고려해야 할 사항은 건재상이나 철물점에서 기성품으로 판매되고 있는 규격의 목제품을 고려해서 설계를 해야 하는 것이다. 나무텐트 전체를 원목 나무판으로 하면 가격이 비싸지고 무겁고, 제작 시간이 많이 소요된다. 920mm×1,820mm은 두 장으로, 1,220mm×2,440mm 두께 11.1mm 합판을 사용하면 한 장이면 된다. 합판은 크게 베니어 합판과 OSB 합판이 있는데 바닥면에는 습기에 강한 베니어 합판을 사용하고, 벽체와 천정부에는 강도는 베니어보다 강하지만 습기에 약하고 가격이 저렴한

OSB 합판을 사용한다.[*]

숲속에 최소한으로 쉼터를 만들어보자. 우리 침실에 사용되고 있는 더블침대의 사이즈는 1,500mm×2,100mm이다. 이 정도 면적에 전기장판만 설치하면 가장 저렴하고 춥지 않게 밤을 보낼 수 있다. 4면을 모두 창문을 만들자. 창문을 내리면 데크가 되고 옆 창문을 올리면 시원 들창이 되는 것이다. 사용이 끝나면 데크는 올리면 나무텐트 벽체가 되고, 나무 들창을 내리면 다시 벽체가 되는 것이다. 1분이면 나무텐트에서 원두막이 되는 것이다.

요즘 숲속에서 가장 인기 좋은 곳은 나무텐트이다.

바닥 길이 2,100mm×폭1,500mm에 어른 앉은 키 높이에 지붕은 산밤나무 너와로 얹었다. 15년 전에 만들어 지붕 위에 너와 사이에 솔잎이 가득하고 금세 돋은 어린 소나무가 솜털처럼 뽀사시하게 나와 있어 세월이 느껴진다. 나무텐트 앞쪽에 우드-데크 사이트와 주차공간이 있다. 한두 명이 캠핑을 할 때는 나무텐트만 사용하고, 2세대 이상이 캠핑을 하면 어르신들이나 어린이들은 나무텐트에서 잠을 자고 남자들은 외부 텐트에서 잠을 잔다. 자연에서는 세대 간의 역할을 분담해야 한다. 젊을 때에는 늦게 잠들고 늦게 일어나지만 나이 들면 일찍 자고 새벽 일찍 일어나는 것은 인간의 특

---

[*] 베니어 합판: 침엽수를 얇게 켠 판재를 나뭇결이 서로 엇갈리게 여러 겹으로 풀로 열압하여 만든 판재.
OSB 합판: 원목을 얇게 키고 풀로 열압하여 만든 목재 패널로, 합판의 강도는 강하고 습기에 비해 약하다.

성이다. 그래야만 천적으로부터 가족을 안전하게 지킬 수 있기 때문이다. 자연스런 교대 불침번이 되는 것이다. 등산이나 낚시는 비슷한 연령대가 동반되지만 캠핑은 여러 세대나 가족 구성원 모두가 참가해서 즐거운 화합의 시간이 되는 것이다.


공기의 흐름이 좋은 쾌적하고 시원한
트리하우스만의 장점


트리하우스는 개미나 곤충, 짐승들의 피해를 줄일 수 있고 나무에 올라가면 공기도 월등히 좋고 바라보는 뷰도 훌륭해 편안하게 쉴 수 있는 공간으로 활용할 수 있다.

우리가 지면에서 보는 것과 높은 데 올라가 오감으로 느끼는 것들은 현저하게 차이가 난다. 우선 나무 위에 올라가거나 등산을 하면 밑에 있을 때보다 공기가 훨씬 쾌적하고 상쾌하다. 밑에 있을 때는 아무래도 여러 가지 냄새도 날 수 있고 공기의 흐름도 원활하지 않다. 그런데 위로 올라갈수록 공기의 흐름이 좋은 걸 느낄 수 있다.

공기는 위로 올라갈수록 흐름이 원활하게 흐르기 때문에 쾌적한 공기를 느낄 수 있는 것이다. 공기는 지면보다 월등히 위로 흐를수록 더 쾌적하고 맑은 공기가 되는 것이다.

또한 위에서 보면 아무래도 어떤 시야의 한계에서 벗어나 훨씬

넓고 탁 트인 시야 각도를 확보할 수 있게 된다.

우리가 매일 보는 것들은 자기 머리 위치에 있는 간판이나 얼굴을 쳐다보지만 평상시에는 땅바닥이나 자기 눈높이에만 시야를 응시하게 된다. 그러다보니 거기에 보이는 사람이나 건물, 인공적인 것들이 눈에 들어오는 것들만 보게 되는 답답한 시야만 확보하게 되는 한계가 있다. 그래서 도시인들은 늘 보는 것들만 일정한 각도에서 보게 돼 더욱 피곤함을 느끼게 되는 것이다.

그런데 나무 위에 올라가면 우선 시야가 탁 트인 파노라마 뷰가 나온다. 나무 위에서는 움직이지 않는 정지 화면의 파노라마가 눈

앞에 시원스레 펼쳐진다. 그렇게 멀리 보면 자기 시야가 넓어지고 삶의 목적과 관점까지 달라지게 된다.

트리하우스는 더울 때도 시원하게 지낼 수 있다. 우리나라는 내륙지방일수록 기온의 춥고 더움이 자연에도 더 민감하게 나타난다. 겨울에는 더 춥고 여름이면 더 더워진다. 바위도 뜨거울 때는 손도 대기 힘들 정도로 뜨끈뜨끈해진다. 반면 찰 땐 더 차진다. 지면의 습성은 온도의 변화를 예민하게 받아들이는 편이다. 그런데 지면에서 떨어져 있는 곳일수록 항상성이 유지된다. 해가 떨어지면 아스팔트나 건물은 히팅이 돼서 12시를 지나 새벽까지 뜨거워진다. 하지만 공기는 해가 떨어지면 바로 시원해지기 때문에 나무 위의 트리하우스에 있으면 쾌적성이 더 오래 가는 것이다.

가령폭포 계곡에 위치한 트리하우스 계곡야영장은 우리나라 최초로 허가된 나무 위에 나무로 만든 트리하우스이고, 100% 국산 낙엽송으로 만든 트리하우스이다. 가령폭포 시원한 계곡물이 연중 흘러내리고, 산목련 향기 가득하고 맑은 공기가 있는 최고의 청정지역에 자리한 그림 같이 예쁜 집. 이 집으로 오면 가벼운 산행과 맑은 가령폭포를 만날 수 있다. 트리하우스 바로 앞에는 1급수를 자랑하는 개울이 흐르고 있고, 40년 전 심었던 나무가 어느새 아름드리 수목이 되었다.

은퇴 후 고향 땅에 내려와 평생 심은 나무를 이용해 나만의 트리하우스를 지었다. 도시의 삶을 벗어나 나무와 하나가 된 삶! 그 자연 내음 가득한 숲속에서 휴식의 의미를 되새겨본다.

## 봄여름가을겨울의 낭만을 만끽하는 트리하우스 캠핑

트리하우스는 숲에서 자연의 감성을 만끽하며 야생의 즐거움을 누리는 흔치 않는 낭만체험이다. 무엇보다 산에서 자연을 마음껏 호흡하고 싶다고 해도 비박이 아닌 이상 아무런 준비도 없이 잘 수는 없는 일. 이럴 때 최소한의 준비만으로 최대한 자연을 호흡할 수 있는 트리하우스 숲체험만한 여행법도 없을 것이다.

트리하우스에는 사계절을 온전히 감상할 수 있는 특별한 뷰 맛집이 준비돼 있다. 이런 감성체험 때문에 아이들이나 어른들이 트리하우스에 오면 그렇게 환호작약하고 가슴에서부터 우러나는 야생의 기분을 만끽하는 게 아닐까.

우리에게 자연이 가장 중요하게 다가오는 이유는 뭐니 뭐니 해도 사계절의 독특한 자연미가 아닐까. 세계적으로 뚜렷하게 계절의 변화를 느낄 수 있는 한국의 자연을 트리하우스에 오면 자신의 시야로든 몸으로든 그대로 담는다.

트리하우스의
아름다운 사계

트리하우스의 숲은 봄비에 젖으면 더없이 포근해진다. 싱그럽게 돋아나야 할 뭇나무들의 잎눈과 꽃봉오리들이 그간의 오랜 가뭄으로 비오기 전까지 지친 회색빛으로 가라앉아 있었다. 그런데 단비를 듬뿍 들이마신 숲의 나무들은 단박에 어제와는 몰라보게 달라진 생기 있는 모습으로 밝고 환한 색조로 신록의 계절을 연출해낸다. 봄비는 마술이다.

가을이 오면 여름의 짙푸르던 산색이 서서히 갈색 색조로 변하기 시작한다. 군데군데 푸르른 색조는 아직 지지 않았지만 대세는 서서히 붉고 누런 가을의 색조로 점령되고 만다.

자연의 한 시절을 마무리할 겨울이 다가오면 단풍 든 나뭇잎들은 하나둘씩 떨어져 내리고 숲은 이제 고요의 회색빛으로 벌거벗으며 다음 해를 기약한다.

　이렇게 산과 숲은 제법 오랫동안 다채로운 자연의 모습과 시시각각으로 변화하는 소생(蘇生)의 신비를 연출하고 삶의 약동을 시작하게 된다.

　트리하우스의 사계는 사진만 봐도 정말 완전히 다른 정취와 색감으로 보는 이의 마음을 설레게 한다. 이 그림 같은 분위기는 와서

느껴보지 못한 사람에게는 그 실감을 제대로 전할 수가 없을 정도로 생생한 자연의 낯선 경이(驚異)이다. 진짜 자연의 야생화만이 가질 수 있는 자연에서만 피는 꽃들. 트리하우스에서 추억의 한순간을 보내는 사람들은 트리하우스에서만 감상할 수 있는 계절마다 서로 다른 독특한 색감을 느끼며 자기만의 쉬는 마음의 정서도 갖고, 자연을 보는 즐거움도 만끽할 수 있는 것이다.

트리하우스의 봄 색은 하우스 주변으로 하얗고 노랗게 꽃피는 산벚꽃과 목련, 생강나무 꽃들에 둘러싸인 연둣빛 자연의 생명력을 온몸으로 느끼게 하고, 여름의 색감은 녹음이 짙게 뒤덮은 푸르른 숲속에 둘러싸여 시원한 계곡 물소리를 벗 삼아 진한 녹색 향기에 마음을 내려놓는다. 가을엔 붉은색 갈색으로 갈아입은 나무들의 가을빛 변신과 우수수 떨어져 땅 위를 뒹구는 낙엽들의 잔해를, 그리고 겨울이면 트리하우스 지붕이며 나무가 온통 은빛 눈꽃으로 물들어 하얗고 고요한 눈 속의 트리하우스를 연출하곤 한다.

이런 봄 여름 가을 겨울의 완전히 다른 그림을 사람들은 트리하우스 숲체험에서 느껴보는 것이다. 나는 트리하우스를 통해서 변화무쌍한 자연의 그림을 그려보고 싶었고 일반인들은 이곳에 와서 자연의 그림을 감상하는 것이다. 숲은 다큐작가가 찍은 영상보다 백만 배 크고 멋진 사진을 연출해내는 메가픽춰(mega picture)이다.

143

꽃달력으로 감상하는 자연의 아름다움

트리하우스의 사계절을 제대로 알려주는 방식은 개화 달력, 즉 꽃 피는 시기를 지정해 주는 꽃달력으로 보는 것이다. 우리가 쓰는 그레고리력은 태양력으로, 태양을 기준으로 달력을 만든 것으로 실제로 꽃피는 시기와 차이가 있다. 또한 우리 조상들이 과거에 쓰던 음력은 농사짓는 주기를 기준으로 정한 달력으로 꽃피는 시기가 잘 맞지 않는다. 그런데 꽃의 달력이 우리 사람의 인체 리듬에는 딱 맞는 달력이라고 할 수 있다. 이른 봄 눈 속을 헤치고 처녀치마, 생강나무, 진달래, 산철쭉 순으로 핀다. 꽃이 길어야 십여 일 피지만 봄부터 가을까지 피는 꽃도 있다. 산목련꽃은 세 계절을 다 핀다. 산목련은 응달 계곡가에 피는데, 해질녘 산으로 타고 내려오는 바람에 실려 오는 산목련의 달콤한 향기는 환상이다. 어느 꽃이 피든 열흘 이상 피는 꽃이야 없지만 산에는 꽃이 핀다. 봄 여름 가을 없이 꽃이 핀다.

꽃이 피는 시기가 똑같이 피고 진다고 알고 있지만 같은 위도라도 평지와 산지의 꽃이 피고 지는 시기는 보름 정도 시차가 있다. 진달래가 평지에선 4월에 피고 진다면 소백산 같은 높은 산에서는 5월 말 6월 초에 꽃이 피고 진다. 이처럼 자연은 똑같은 지역이라도 고도에 따라 계절은 다르게 움직이는 것이다.

꽃의 달력에 따르면 사람이 가장 활동하기 좋은 시기는 봄부터 초가을 무렵까지이고 계절의 색감까지 다 느끼기에는 가을에서 초겨울까지가 자연을 감상하기에 좋은 시기이다.

평지에서는 꽃이 북쪽으로 이동하면서 피지만 산에서는 아래에서 위로 등산을 하듯이 피어난다. 산에 걸려 꽃이 머물면서 피는 것이다. 산에서는 꽃이 오래 핀다. 그래서 한국 시의 절창인 김소월 시인은 자연의 오묘하고 신비한 꽃이 피는 과정을 "산에는 꽃이 피네, 꽃이 피네, 갈 봄 여름 가을 없이 꽃이 피네"라는 아름다운 시로 남겼다. 사실 이 시는 시인의 세심한 관찰로 얻은 자연에 대한 대단한 관찰력이 빚은 자연미의 절창이 아닐 수 없다.

우리가 단순하게 '산에는 꽃이 피지 봄에도 피고 가을에도 핀다'면 이해가 안 가는 것이다. 왜 산에서 피는 꽃이 그렇게 제각각 서로 다른 꽃들을 피워내는지를 자연의 이치로 이해하지 못하면 시에 대한 감성도 크게 와닿을 수가 없는 것이다.

트리하우스에 한번 오신 분들은 1년에 두세 번씩 오는 분들이 많다. 아마도 한번 트리하우스를 찾은 이용객들이 사계절 각각 다른 색으로 갈아입는 트리하우스 숲속 자연의 오묘하고 독특한 자연미를 즐기고 서로 다른 계절의 멋을 감상하기 위해 철마다 이곳을 찾는 게 아닌가 하는 추측을 해본다.

산의 경치는 철마다, 시간마다 풍광이 달라진다. 한 장소에서도 처음 보는 것 같지만, 언젠가 다시 보면 아주 억겁의 세월 이전에 보았던, 마치 아주 오래전에 다른 인류가 만든 흔적이 있는 듯하다.

## 동물들은 왜 나무 위에서 잠을 잘까?

　인류학적으로 긴팔원숭이, 고릴라, 침팬지, 사람을 유인원이라 말하고, 이들은 DNA의 97% 정도를 공유한다고 한다. 인간은 침팬지와는 600만 년 전 분리되었다고 하고 보노보원숭이와는 DNA가 98.7%가 일치한다고 한다. 인류의 조상은 이 시기에 숲에서 나와 초원생활을 시작했다고 하며, 사람을 숲을 나온 원숭이라고 말하기도 한다.


나무 위 작은 둥지는
인류 최초 보금자리


　인간의 조상(유인원)들은 짐승들을 피하기 위해 긴 세월 숲의 나무 위에서 생활했다. 나무 위의 둥지는 인류 최초의 보금자리인 셈이고, 인간이 나무 위 생활을 꿈꾸는 것은 나무 위 둥지생활 기억이 우리 DNA에 각인돼서일 것이다. '나무 위 작은 둥지(nest in a tree)'가 사람에게 휴식을 주고, 그 나무는 인간과 공생이익으로 주변 나무보다 더 잘 자란다.

　유인원이 나무 위에 주거의 공간을 만든 것은 1,000만 년 이상

되었지만, 지상 최초의 건축물은 50만 년 전 인류의 조상인 '호모 에렉투스'가 인공 거주지를 만든 것이 최초라고 한다. 나무 위에서 유인원들이 생활을 해왔지만 건축물이라고 하기에는 부족한 면이 많았다. 건축물의 조건은 사람이 만든 것, 토지에 정착할 것, 지붕이 있을 것이다. 현행 트리하우스가 건축법에 규정되어 있지 않고 '산림휴양에 관한 법률'에 들어 있는 것은 적정하다고 생각한다.


맹수를 피해
나무 위에 사는 유인원


사람을 제외한 유인원들은 아직도 숲속 생활을 하며 나무 위에서 잠을 잔다. 유인원들의 야간시력은 사자나 표범의 1/10정도로 약하고, 비슷한 덩치라도 유인원은 호랑이과 동물보다 근력이 월등하게 약하기 때문에 땅보다 안전한 나무 위에서 밤을 보낸다. 이는 지면보다 해충이 적고 천적으로부터 안전하기 때문이다.

대부분의 동물들은 하늘을 보기보다는 먹이가 많은 지표면을 응시하기 때문에 나무 위가 보다 안전하다. 맹수들은 위장술과 폭신한 발을 이용해서 소리 없이 스텔스모드로 공격하기 때문에 약한 동물들이 맹수로부터 위험을 감지하기란 불가능하다.

또한 맹수들은 바람의 방향이나 냄새, 시각을 통해 정확히 상대를 감지하는데 문제는 주요 감시 각도 내에 있을 때만 포획이 가능하다는 점이다. 그러니 맹수들의 주요 감시 각도를 벗어나면 관심 대상에서 제외가 되는 것이다. 상대적으로 나무 위쪽이 표적에서 벗어나는 것이다.

나무에서는 천적이 나무를 오르면 나무 위쪽일수록 흔들림이 심해져서 자동 위험 감지가 된다. 일부 유인원들은 나무 위에 거처를 만들고 잠을 자는데 이런 형태의 집을 트리하우스의 원형이라 할 수 있다.

자연생태계에서 활동하는 동물들에는 크게 땅바닥을 기어다니는 동물들과 하늘을 날아다니는 동물들로 나눌 수 있다. 날아다니

는 동물들은 당연히 나무 위를 좋아한다. 새들 중에도 특별하게 오스트레일리아의 새는 천적이 없어서 날지 못하는 새도 있다. 호주나 뉴질랜드 같은 지역에선 천적이 없는 새들이 동굴 속에서 기어다니는 생태를 보이기도 한다.

대부분의 동물들이 나무 위에서 사는 건 뱀이나 맹수 같은 천적을 피해서 생존을 위해 나무 위에 올라가게 되는 것이다. 대표적인 예가 침팬지나 고릴라, 원숭이들이 나무에 사는 이유가 될 것이다. 고양이과 동물은 침팬지나 유인원보다 거의 열 배 이상의 야간 시력을 지니고 있다고 한다. 사람보다는 10배가 시력이 좋고 일반 동물보다는 일곱 배 정도 좋은 시력을 가지고 있다. 그러니 자연스럽게 맹수들의 표적이 될 수밖에 없다. 그래서 땅에서 살 수가 없고 나무 위에 터를 잡고 살게 되는 것이다. 나무 위에서 밑을 보면 밑에서 1cm만 움직여도 위에서는 1m가 움직이는 것처럼 크게 보이게 된다. 나뭇잎의 미세한 흔들림도 위에서 보면 크게 보이는 것과 같은 이치이다. 나무에 살게 되면 밑에서 흔들리는 것들이 감지가되는 일종의 리스크 감지 장치를 달아 놓은 것이다.

조류들도 야간 시력이 나쁘다는 단점이 있어서 해만 떨어지면 바로 앞의 사물도 잘 알아보질 못한다고 한다. 누가 업어가도 모를 정도니 당연히 새들은 땅바닥에 살 수 없고 생존을 위해 나무 위에 둥지를 틀고 살 수밖에 없는 것이다.

아프리카에 사는 임팔라나 초식동물들은 밤이면 목장 근처로 온다고 한다. 왜냐하면 표범이 목장 근처를 싫어하기 때문이다. 표범

은 인간이 총을 쏘면 맞을 수 있는 치명적인 위험을 감지해 인간을
무서워해서 목장 근처에 아예 얼씬도 하지 않는 것이다.

　이렇게 야생에서는 동물들이 자신들만의 생존방식으로 먹고 먹
히는 약육강식의 무대에서 살아가는 것이다.



　　자신을 보호하고 심신의 안정을 취할 수 있는
　　나무 위 보금자리

일단 동물의 세계에서 먹힐 염려가 있는 동물들은 나무 위로 올라가면 위험으로부터 자신을 보호할 수가 있어 정신적으로 심신이 안정된다. 그리고 먹이를 보관할 때도 먹이를 나무에 걸어놓으면 안전한 저장고가 되는 것이다. 먹을거리를 땅에 놓아두면 이런 저런 짐승들이 자기 먹이를 낚아챌 위험이 높다. 맹수도 위험하지만 새들이나 다람쥐도 먹이를 물어가기가 용이하기 때문이다.

짐승의 입장에서는 나무에 집을 지으면 보금자리도 되고 쉼터도 되고 먹이저장소도 되는 등 여러 가지 용이한 점이 많은 것이다. 또한 밤이 되면 야생동물의 표적으로부터 벗어나 안전한 피난처도 될 수 있는 것이다. 맹수들의 시야에서 벗어난 각도의 높은 곳에 자리 잡고 안심하고 쉴 수 있는 피난처 역할을 해주기 때문이다. 짐승들의 나무 위 보금자리는 한마디로 약한 동물들의 생존 투어도 돼주는, 나무 위 보금자리의 개념은 묘하게도 인간이 생각하는 트리하우스의 장점과 흡사하게 맞물리는 지점이 있다.

인간의 쉼터, 인간의 피난처로도 나무 위의 집은 훌륭한 거주공간이 된다. 만약에 홍수가 나서 땅바닥이 온통 물로 차서 몸에 물이 젖으면 저체온증에 걸리고 급기야 사망하게 되는데 동물들도 저체온증에 걸리게 된다. 그럴 때 나무 위 3m에 있으면 물이 차도 안전지대가 되는 것이다. 어떻게 보면 예전에 노아의 방주 같은 개념이 지금의 트리하우스 같은 것일 수도 있다. 우리가 침수나 화재, 그 밖의 재난으로부터 안전하게 피할 수 있는 공간이 바로 나무 위 거주공간인 것이다.

동물들은 아프거나 죽을 때가 되면 다른 동물 눈에 안 띄는 한적하고 편안한 둥지에 가서 쉬거나 죽음을 맞이하게 된다. 자연의 세계에서 살아있는 동물들은 누구 눈에 안 띄는 편한 장소에서 휴식을 취하고 싶어 한다. 사람도 동물도 몸이 고단하고 힘들면 편안한 둥지를 찾는 것이다. 이처럼 편안한 쉼의 공간, 치유와 돌봄의 케어 공간으로 동물들은 자연에서 본능적으로 나무 위 거주지를 찾아 제 한 몸을 돌봐 왔던 것이다.

## 코로나시대의 여행, 숲캠핑 워케이션(Workcation)

코로나시대가 3년을 지나 장기화되면서 여행에 대한 콘셉트가 비대면, 개인 및 가족, 절친 소모임 위주의 사람끼리 마주치지 않는 여행스타일로 점차 바뀌어가고 있다. 이처럼 많은 사람들이 한 장소에서 부딪치지 않으면서 숲처럼 자연정화작용과 삼림욕 효과까지 덤으로 얻을 수 있는 숲속 캠핑은 포스트 코로나시대를 주도하는 트렌디한 여행법으로 자리 잡을 전망이다. 트리하우스 계곡야영장은 7년 전부터 나무 위에 지은 집에서 소나무숲을 배경으로 가족끼리, 연인끼리,

친구끼리 오순도순 자연의 맛과 멋을 즐길 수 있는 자연친화적인 놀이터로 자리 매김 된 지 오래이다. 무엇보다 야영장을 찾는 이용객들은 이곳을 자신만의 아지트로 삼기 위해 일부러 널리 알려지는 것을 원하지 않고 있어 예약제로 운영되고 있는 것이 다른 캠핑장에서는 볼 수 없는 특이한 캠핑문화라고 할 수 있다.


다양한 경기 유발 효과를 발생시키는
캠핑여행문화


코로나시대를 맞아 지역경제도 많이 위축되고 있는 상황에서 정부는 캠핑에 대한 많은 지원과 육성을 통해 경기 유발 효과를 기대하고 있다. 이러한 가족단위, 연인중심의 캠핑문화는 몇 가지 경기 유발 효과가 뚜렷하게 나타나고 있다.

먼저 캠핑하기에 적합한 차량을 소유하고 싶은 이용객의 욕구가 증가한다. 캠핑을 한다고 하면 우선 텐트가 있어야 하고 2박에서 3박 정도 한다고 했을 때 최소 4끼에서 최대 8끼의 음식을 가져갈 수 있는 대용량의 적재공간이 있는 차량이 필요하다. 요즘은 텐트도 다양한 용도의 여러 가지 텐트가 필요하다. 혼자 가는 캠핑 같은 작은 용도의 캠핑이라면 텐트도 1인용이면 되겠지만 가족이 움직이는 리빙텔 캠핑이라면 주거시설과 주방시설 같은 시설들을 실을 수 있는 차량이 필요하다. 요즘은 주거시설이나 주방시설을 차량과 연결하고 그늘 타프가 있는 대규모 텐트가 유행이다. 따라서 이런 장비를 실으려면 차량도 힘 좋은 SUV 차량이 필요하다.

둘째, 캠핑에 필요한 다양한 놀이기구나 조리기구, 기타 용도의 기구들을 마련하려면 최소 몇 백만 원에서 많게는 1, 2천만 원이 호가하는 캠핑관련 비품 마련 비용이 필요하다.

우선 요즘 유행하는 그늘 타프가 있는 대규모 텐트가 캠핑족에겐 없어서는 안 될 필수 구비 품목이다. 이런 시설만 해도 몇 백만 원이 호가한다. 또한 요즘엔 한번 캠핑을 가더라도 간단하게 먹고 쉴 장비만 필요한 게 아니라 '이게 왜 필요할까' 싶을 정도로 이런저런 기구들을 다 가져가는 추세다. 피크닉 테이블도 가져가고, 간단한 물놀이 기구부터 고가의 체육기구도 가져가고, 캠핑장에서 디스플레이할 반짝이 조명도 가져가야 한다. 요즘엔 캠핑 가서 다닥다닥 붙어 있는 걸 서로 피해서 자기만의 공간을 만들기 위한 칸막이도 가지고 간다. 여기에 식탁조리대인 티브로도 가져가는데 그 무게만도 엄청나고 구입 비용도 몇 백만 원이 넘는 것도 있다. 프라이터도 다양한 용도로 여러 개 가져가는데 소시지 구이용도 필요하고 스튜할 프라이터도 필요하다. 여기에 포크, 나이프도 캠핑용 최고급만 선호한다. 한마디로 요즘의 캠핑문화는 보여주기 위한 문화가 되었다. 캠핑 경향이 이렇다 보니 캠핑 오는 자녀들이 남 보기 창피하면 같이 따라나서질 않는다. 모든 게 최고인 남에게 보여주기 좋은 캠핑을 선호하는 것이다. 자동차도 최고여야 하고, 캠핑장비도 텐트도 최고급으로 '뭐 좀 한다' 하는 과시용 캠핑 장비로 꾸며

야 캠핑 가는 맛이 나는 게 요즘의 캠핑문화이다. 누가 봐서 처지는 캠핑은 하고 싶지 않은 것이다. 이러한 자녀들의 그런 욕구를 만족시켜 주기 위해서는 엄마 아빠가 많은 돈을 써야 되는 것이다. 그러다 보니 캠핑에 필요한 다양한 소비처가 필요하게 되고, 이런 캠핑문화가 자연스럽게 경제 유발 효과를 높이게 되는 것이다.

이제 코로나 19 사태로 인한 언택트시대가 되면서 캠핑 수요는 정부의 새로운 경제 유발 효과로 톡톡히 큰 몫을 하게 되었다. 불과 몇 년 전만 해도 우리나라에선 국내외 여행으로 인한 경제 유발 효과는 상당한 역할을 담당했었지만 지금은 코로나 사태로 인해 몇 년간 해외여행이 금지되고 내수 경기마저 침체되는 경제 위기 국면을 맞았다. 이러한 국내 경제 위기 상황에서 캠핑문화 활성화가 내수 경기 진작에 장기적으로 긍정적인 영향을 끼친다는 판단을 한 정부는 국가 차원에서 많은 지원을 하고 있다. 요즘 tv 방송 프로에서도 언제부터인가 캠핑과 야영문화에 대한 예능들이 다양한 각도로 기획돼서 방송을 타고 있는 추세도 정부의 정책적인 효과와 맞물려 나타나는 현상의 하나라고 할 수 있다. 그러다 보니 케이블 방송에서 시도했던 캠핑문화 관련 프로그램들이 공영방송으로도 이어져 다양한 프로그램들을 선보이며 은근히 국가 시책을 밀어주는 추세로 나타나고 있는 것이다. 레저경제전문가들이 전망하는 캠핑문화의 경제 유발 효과는 연간 2조 원 정도로 효과가 상당히 큰 것으로 분석하고 있다.

언택트시대 아날로그감성 효과를 제대로 누리는
산촌 경제 활성화


　캠핑문화의 활성화로 인한 경기 촉진 효과는 홍천과 같은 물 맑고 경치 좋은 산촌에서도 톡톡히 효과를 보고 있다. 자연경관이 뛰어난 산촌지역은 대부분 인구밀도가 낮고 거주하는 연령대가 노인분들이 대부분이다. 이들은 몇 년 전만 해도 일 년이 다 가도록 외지에서 올 손님들이 많아야 열 손가락 꼽을 정도로 외지고 소외된 지역이었다. 그러다가 최근의 언택트시대와 아날로그감성의 캠핑문화가 맞물리면서 인적이 드물면서 빼어난 자연경관을 갖춘 산촌의 읍면동까지 캠핑객들이 오면서 전에 볼 수 없었던 호경기를 맞고 있다. 외딴 두메산골의 인적 드문 산촌에 불과했던 지역에 어느 날 갑자기 캠핑객들이 몰려들면서 전례 없이 동네 경제가 살아나는 드문 현상을 맞이한 것이다. 캠핑객들은 쉬고 놀러 온 휴양객들이기 때문에 컵라면이나 라면을 사도 많은 수량을 사고 과자 하나를 사도 몇 개는 기본으로 산다. 캠핑 자체가 에너지 소모가 많고 먹고 놀기 위해 오는 것이라 음식이나 과자, 술, 음료 등 모든 것이 일상에서 소비할 때보다 배는 많이 소비하게 된다. 캠핑 온 사람들은 산에 오면 음주도 엄청 하고 음료도 많이 마시고 소시지, 라면으로 간단히 점심 먹고 저녁 되면 삼겹살 굽고 닭갈비 볶아서 다 먹고는 입가심으로 찌개까지 해서 가져간 음식은 싹싹 다 비운다. 이러니 과자를 비롯한 다양한 주전부리며 소주, 막걸리, 맥주 같은 주류

에 각종 음료수까지 동네 슈퍼에 진열된 식재료들이 주말이면 거의 동이 나는 즐거운 캠핑소비 현상이 발생하게 된다. 여기에 더해 산촌에 오면 산촌에서 나는 농산물이며 산나물을 먹어봐야 한다는 캠핑객들의 바람에 맞춰 홍천에서 나는 지역 특산물도 자연스럽게 더 많이 소비되는 현상이 벌어지게 된다. 홍천의 농산물과 특산물이 봄, 여름, 가을 주말이나 휴가철이면 일시 품귀현상이 나타나는 기분 좋은 산촌 특수 현상도 종종 벌어지곤 하는 것이다.

캠핑 자체가 일상생활에서 아끼고 절제하며 살다가 야외에 나와서 즐기고 놀고 쓰고 하는 놀이문화이기 때문에 평소에 해보지 못했던 것들을 즐기는 과소비 행태가 자연히 나타나는 것이다. 이러한 캠핑문화의 속성은 국가 차원에서도 경제 유발 효과에 긍정적인 측면이 많고, 산촌이나 농촌지역 경제 활성화에도 큰 도움이 되기 때문에 전반적으로는 내수 경기에도 큰 도움이 된다. 이렇다 보니 캠핑문화의 활성화는 캠핑을 즐기는 이용객이나 농·산촌지역 주민, 국가 모두 좋아할 수밖에 없는 바람직한 경기 진작 방안이라고 할 수 있다.

정신적인 만족감이 높아지는
숲캠핑의 장점

다음으로 숲캠핑이 우리에게 좋은 영향을 끼치는 것은 정신적인 만족감이 높아진다는 것이다. 이것이 캠핑의 부수적인 효과인데 한동안 캠핑족들에게 각광을 받은 캠핑문화는 자동차에서 자고 먹는 오토캠핑이었다. 요즘은 차박이라고 해서 자동차 안에서 아예 잠까지 자는 레저문화도 생겼는데 이것은 사실상 비용도 많이 들고 지속적으로 이용하기에 불편함도 많다. 어찌 보면 차박은 남에게 보이고 싶은 과시형 레저문화라고 볼 수밖에 없는 측면이 많은데 우선 한두 번 해보면 싫증이 느껴져 장기적으로 지속이 안 된다. 일단 자는 게 별로 안 좋다. 자동차 안에서 잔다는 게 일단은 춥고 아주 눅눅하다. 또 자동차에 이런 숙박시설을 갖추고 다니면 차가 엄청나게 무거워져서 자동차의 기능성이 떨어진다. 그래서 멋있게 한두 번 차박을 하다가 대개는 차는 집에다 모셔놓고 가볍게 몸만 나서는 캠핑을 하게 된다.

한자어인 비박은 아닐 비(非)에 묵을 박(泊)이란 뜻으로 '자지 않고 묵는다'는 뜻이기도 하지만, 이 말의 어원이 사실은 헝가리 전투용어에서 유래되었다고 한다. 헝가리 말 중에 전투 중에 1인이나 2인이 야생에서 전투를 하다가 잠깐 쉬는 걸 비박(bivouac)이라고 했는데, 우리는 비박의 개념을 잘못 알고 있는 것이다. 요즘에는 사람들이 캠핑을 할 때 아프가니스탄이나 동유럽 피난민들의 난민촌처럼 다닥다닥 붙어서 캠핑하는 곳도 있다. 한시적으로 운영하는 해수욕장 캠핑장이 난민촌과 비슷하다. 그에 비하면 숲속 야영장은 이동간 간격이 넓어서 혼자 캠핑을 하는 것 같은 착각을 들게 할 정도이다.

앞서 비박이나 오토캠핑은 비용이 많이 들더라도 혼자나 최소한의 사람들만 호젓하게 자연 속에서 즐기는 레저문화로 받아들이는 측면이 많다. 그런 의미에서 트리하우스 숲캠핑은 그야말로 호젓하게 자연을 느끼면서 자신만의 에너지를 충전하고 자유롭게 쉴 수 있는 최적의 야영문화가 아닐 수 없다.


비대면시대 레저문화의 새로운 트렌드
- 숲캠핑, 워케이션, 자연교감학습


최근엔 전에는 경험해보지 못한 언택트시대를 맞으면서 학생들이 온라인 교육을 많이 한다. 이러한 비대면 수업의 새로운 수업방식으로 인해 학생들이 캠핑장에 와서 자신들이 필요한 시간에 회의도 하고 수업을 듣기도 하는 신선한 비대면문화가 생겼다. 캠핑장에 온 학생들은 선생님한테 승인을 받고 등교시간에 학교가 아닌 캠핑장에서 온라인 수업을 듣는 것이다. 시대가 많이 변하면서 밝고 신선한 학교 수업이 새로 등장한 격이다. 학생들이 학교에서 비대면 수업이 승인이 되니 부모들도 좋아하고 아빠는 직장에 나가도 엄마와 자녀들이 함께 캠핑을 오는 것이다. 정말로 문화가 많이 다양화되었다.

코로나시대의 직장인 업무의 변화도 눈에 띄는데, 바로 워케이션(Workcation)이라고 하는 일과 휴가를 결합한 직장문화이다. 이

는 곧 '일(work)하면서 논다(vacation)'는 개념이다. 요즘 일부 기업들은 직원이 모두 회사에 출근하지 않고 일부 직원은 재택근무를 하는 경우가 많다 보니, 회사의 허가를 받고 아예 캠핑을 와서 재택근무를 하는 것이다. 코로나가 장기화되고 자유전문직에 종사하는 사람들이 많아지면서 워케이션을 하는 사람들이 많이 늘어나는 추세이다.

이처럼 코로나시대는 캠핑문화에도 전에는 볼 수 없던 새로운 트렌드를 만들어내고 있다. 예전엔 캠핑이 하나의 놀이문화로만 인식돼 주말이나 휴가 와서 자연을 벗삼아 즐기는 레저형태였다면 요즘은 학교 수업을 캠핑 와서 비대면으로 하고, 트리하우스에 머물면서 재택근무를 하는 일상생활과 놀이·휴식문화가 결합된 다양한 형태의 레저생활문화가 자리 잡아가고 있는 것이다. 한마디로 코로나시대에 들어와서 온라인 교육이나 일하는 문화까지 비대면시대에 적합한 방식으로 바뀌면서 캠핑문화를 주도하는 트리하우스 계곡야영장에도 변화에 발맞춘 다양한 문화시설을 준비해야 한다. 즉 기존의 캠핑문화에 적합한 취사도구나 놀이기구의 준비뿐만 아니라 와이파이가 갖춰진 소사무공간이나 비대면 수업이 가능한 통신장비를 갖춘 교육용 캠핑장으로의 준비도 해야 하는 등 새로운 캠핑문화에 대응한 다목적 캠핑 수요에도 대비해야 하는 것이다.

이처럼 언택트시대가 되면서 변화된 새로운 문화가 발생되면서 새로운 일거리도 생기게 되는 것이다. 예전의 캠핑이 자연에서 즐기는 단순한 놀이문화였다면 지금은 많은 것들을 갖추고 변화된 시대에 발맞춰 지원을 해줘야 하는 것이다. 캠핑장에 오는 사람들이 다르니 이용객의 니즈에 맞춘 다양한 것들을 구비해야 한다. 와이파이가 있어야 되고 이용객이 이용하는 음악도 틀어줘야 하고 공부를 하거나 일을 하는 사람을 위한 간단한 사무기기나 필요한 방도 준비해 줘야 한다. 또한 워케이션을 하는 직장인들은 장기간 머무르기 때문에 샤워시설이나 숙박시설도 좀 더 신경을 써서 갖춰줘야 한다. 이처럼 숲속 야영장은 원래의 산속에서 자연을 즐기는 아날로그적인 놀이문화에서 발전해 다양한 이용객의 니즈를 맞춰주는 레저학습근무환경에 맞는 진일보한 캠핑시설로의 변신이 필요한 시점에 와 있는 것이다. 놀이문화의 일상생활문화로의 자리매김은 앞으로의 숲속야영장의 경제효과뿐만 아니라 비대면시대의 미래형 레저문화의 새로운 트렌드를 주도해 나갈 수 있는 것이다.

　필자는 강원대학교, 임업기계훈련원, 산림기술인교육원 등에서 10여 년간 강사 경력을 가지고 있고, 최근에는 임업기계훈련원과 산림기술인교육원 전문교수로 활동하고 있는데 코로나가 심한 시기에는 산속 캠핑장에서 온라인 교육을 진행해 왔다. 이 또한 워케이션이었다.


함께 나누는 산림 6차 산업의 꽃,
트리하우스 숲캠핑


　숲과 사람의 공감과 공존을 위해서는 무엇보다 산림을 활용한 부가가치를 생산하는 일들을 해내야 했다. 사람과 숲과의 공감도 좋고 자연과의 공존도 좋지만 지속적인 벌이가 되지 않는다면 그건 그냥 취미에 불과하기 때문이다. 그런 일은 한두 번은 할 수 있지만 지속이 안 되기 때문에 오래도록 숲에서의 공존 공감을 여러 사람과 나누기 위해서는 숲벌이가 꼭 필요하다. 내가 나무와 숲을 살리고 자연 속에서 아름답게 즐길 수 있는 숲벌이로 선택한 사업이 바로 트리하우스 계곡야영장이라는 숲캠핑이었다.

　내가 이 산에서 시도하는 것 중의 하나가 숲속에서 숙박을 하고 음식도 먹고 쉬어 갈 수 있는 숲속 야영장을 운영하는 것이다. 그런데 산에 대중이 이용하는 시설을 만들게 되면 길을 내고 건물을 지

어야 해서 지형이나 숲이 훼손될 수 있다. 그래서 자연과 공존하면
서 최소한의 개발로 만들 수 있는 야영장을 만들어 보자는 의도로
만든 것이 트리하우스였다.

모 케이블방송에서 인기리에 방영되는 숲에서 사는 보통사람들

의 숲살이를 다룬 〈나는 자연인이다〉에서 필자에게 섭외가 온 적이 있었다. 나는 그분들이 자연에 머무는 이유와는 자연철학이 달라서 정중히 섭외를 거절했다. 나는 자연 속에서 잘 살기 위한 방편으로 숲살이와 숲벌이를 하고 있다. 무엇보다 자연 속에서 지속적으로 살기 위해서는 돈이 되는 사업을 해야 한다. 그것이 숙박업일

수도 있고 음식점일 수도 있고 숲 카페, 숲 체험장일 수도 있다.

지금 내가 숲에서 생각하는 숲속 야영장 사업은 '숲속 팜 캠핑'이다. 숲에서 농장을 체험하고 캠핑 온 사람이 농장에서 요리에 쓸 식재료를 직접 뜯어서 캠핑도 하고 체류도 하는 체험형 캠핑이다. 산속에 닭을 풀어놔서 산속에 방사한 유정란도 얻고 풀벌레도 잡고 꿀벌 체험도 하는 자연체험형 캠핑 야영장을 구상하고 있다. 이런

것들로 수입의 일부를 삼으면 금방 수입이 회전이 된다.

숲에 사업성이 있으려면 숲에서 체험을 하고 잠을 자고 음식을 만들어 먹어야 한다. 그렇지 않고 캠핑 와서 혼자 놀다가 샌드위치 하나 먹고 가 버리면 그건 숲에 쓰레기만 남기고 가는 일회용 행위에 불과하다. 지금은 문화적 트렌드와 결합이 돼야 의미 있는 일을 하면서 수입도 얻을 수 있는 시대이다. 1, 2차 산림산업에 3차 서비

스업이 결합된 산림 6차 산업이 산사람들이 살 수 있는 길이다. 야영장도 하고 캠핑장도 하면서 그 속에서 숲체험과 숲 치유, 숲에 관한 교육 등 숲의 가치를 몸과 마음으로 즐기는 사업들이 요즘 트렌드로 부상하고 있는 것이다.

지금도 나는 숲에서 어떻게 살 것인가를 늘 고민하며 산다. 그렇지 않았다면 내가 오십 년 동안 버틸 수 없었을 것이다. 사실 투자를 많이 했는데 수익이 안 나오면 부도가 나는 것 아닌가. 아무리 큰 부자도 3대를 못 가는 건 다 이유가 있는 것이다. 내가 생존할 수 있어야 남과 공생할 수 있는 것이 숲살이의 냉혹한 현실이다. 숲도 살고 나도 살고 사람들도 살 수 있는 자연스러운 자연과의 행복한 공존법. 트리하우스 숲속야영장에서 실현하고 싶은 소박한 나의 작은 희망사항이다.

# 어린이들의 로망, 트리하우스

아이들의 동화 속 로망이 구현되는
나무 아지트

일단 트리하우스 캠핑장에 들어서는 순간 아이들의 목소리 톤이 한 옥타브 올라간다. 아이들은 트리하우스에 들어서면서 하늘을 나는 영웅이 되고, 동화 속 나라의 왕자가 되는 기분으로 상당히 기분 좋은 흥분에 빠진다. 아이들에게 트리하우스에서 노는 것은 동네 뒷동산에서 전쟁놀이하던 것을 실제로 자연에서 재현하는 생생하고 흥미진진한 숲속 놀이인 셈이다. 우리도 어린 아이 때는 현실을 넘어 상상을 초월하는 꿈을 꾸며 이상적인 미래를 꿈꾸었다. 어릴 때 장래 희망이 대통령이 아닌 사람이 없었고 전장을 누비는 영웅이 아닌 사람이 없었다. 그런데 나이가 들면서 직장을 다니고 현실을 알아가며 자신의 꿈이 점점 작아지고 사라지는 것이다. 시야는 넓어지고 꿈은 좁아진다. 트리하우스는 하늘나라에 올라가 놀던 잭이 콩나무를 타고 집으로 돌아오던 그 나무 집이 연상되고, 허클베리 핀과 톰 소여가 어른들 몰래 야반도주해 숨어들던 아지트가 떠오르는 집이다. 트리하우스는 아이들에게 동화책에서만 보던 상상의 나라를 직접 올라가보는 짜릿한 모험의 놀이터인 셈이다.

트리하우스의 평균 높이는 2.4m정도이지만, 이 정도 높이는 어린이들에게는 아주 높고 커다란 나무 위가 되는 것이다.

성인 평균 보폭은 76cm이라서 100m 운동장을 131보에 걷는다. 초등학생은 500보를 걸어야 한다. 초등학교 때는 운동장이 한없이 커 보이고 성인이 되어 가보면 아주 조그만 운동장이 아니던가. 48세의 사람의 낮의 길이는 12시간이지만 12살의 꼬마는 한낮의 길이는 한없이 길다. 78세의 노인의 세월은 아주 짧은 시간이다. 길이와 시간은 나이에 따라 다르게 느껴지고 그래서 줄자와 시계가 필요한 것이 아닌가. 꼬마들의 트리하우스는 디즈니 애니메

이선 '라푼젤' 공주가 살던 성과 같게 보일 것이다.

아이들은 트리하우스에 들어서자마자 바닥에서 마구 뛰고 움직여 바닥이 배겨나지를 못한다. 그래서 트리하우스 바닥은 좀 더 튼튼한 구조로 만들어야 한다. 최근 설계중인 트리하우스를 만들 때 가장 중요한 것이 바닥을 탄탄하게 하는 것이었다. 바닥이 탄탄하지 않으면 아이들의 에너지 넘치는 활동량을 당해내지 못해 바로 바닥이 꺼져 버린다. 아이들이 그렇게 좋아서 마구 뛰는 모습을 보면서 부모님들도 덩달아 즐거워하신다. 아이들이 마음껏 뛰놀 수 있는 트리하우스라는 무대가 마련된 것이 부모 입장에서도 무척 안심되고 흥미로운 것이다. 아이들이 분위기를 더 탄다.

아이들은 누구와 지내느냐에 따라 행동거지가 무척 다르다. 아이들이 할아버지 할머니와 놀 때와 아빠랑 놀 때 그리고 또래 친구들하고 놀 때의 행동이 다 다르다. 자기들끼리 놀 때는 정말 활력이 넘치고 박력 있고 감성이 넘쳐흐르지만, 할아버지 할머니와 있으면 아무래도 아이들이 처진다.


아이들의 동심을 자극하는
트리하우스 자연생태체험장


트리하우스에서 아이들의 동심을 자극하는 건 자연 그대로 펼쳐진 천연생태체험장이다. 숲속 트리하우스 바로 옆에 있는 계곡 물

속으로 아이들은 거침없이 풍덩 한다. 한창 무더울 때가 아닌 아직 물이 차가울 때도 아이들의 개울가 물놀이는 시간 가는 줄 모르고 빠르게 흘러간다. 개울가 물깊이는 아이들 무릎 정도라 그리 위험하지 않고 발 담그고 물장난 치기에 딱 좋다. 아이들은 어른들 눈에는 보이지도 않는 조그마한 치어며 수풀 틈에 숨은 다슬기를 잘도 잡는다. 캠핑장 바로 앞에는 1급수를 자랑하는 개울이 흐르고 있어 캠핑에 최적의 조건을 갖추고 있다. 아이들이 충분히 물놀이를 즐길 수 있는 맑고 깨끗한 개울이다.

아이들은 트리하우스 옆 개울에 가면 하루 종일 살다시피 한다. 아이들은 아무 도구 없이 손만을 사용해서 고기를 잡으며 논다. 맨 처음 잡는 것은 잡기 쉬운 치어다. 흐르는 물을 보며 가져온 채반으로 치어를 잡고는 고래고래 소리치며 세상 모든 것을 다 가진 것처럼 즐거워한다. 개울의 작은 고기인 송사리나 버들치나 꽉 쥐면 단박에 퍼드덕거리며 도망을 쳐버린다. 살며시, 울타리를 만들듯이 해서 들어 올리면 된다. 좌우간 부드럽게 다루는 게 좋다.

야외에 나오면 아이들 눈에는 자연에서 벌어지는 모든 생태환경이 그렇게 신기할 수가 없다. 아이들에겐 개미 잡는 것도 놀람의 순간이고 올챙이만 잡아도 세상 다 얻은 것처럼 놀라고 신기한 순간인 것이다. 어린이들은 자신들이 도심에서 느껴보지 못한 신기하고 기이한 자연현상에 순간순간 놀라고 고요 속에서도 자연스럽게 벌어지는 곤충이나 물고기의 작은 행동 하나하나가 그렇게 경이롭

고 신비로울 수가 없는 것이다.

어린이들이 신비와 놀람의 시선으로 자연 속에서 하는 놀이는 그 자체가 자연의 창작활동에 다름 아니다. 아이들에게 크고 대단한 자연의 현상보다는 손에도 안 잡히는 아주 작은 개미의 이동이나 숲에 수북이 쌓인 낙엽, 다람쥐가 숨겨놓고 잊어먹은 도토리 한 알로도 얼마든지 재미있고 신나는 자연의 놀이터가 형성되는 것이다. 아이들은 또래끼리 어울리며 숲속에서 고무줄놀이도 하고 개울가에서 송사리보다 작아서 눈에 보일까 말까 하는 치어를 뜰채로 떠서 잡고는 세상 다 얻은 것처럼 자신만만하고 자랑스러워한다. 어떤 아이는 뜰채로 잡은 그 조그만 치어를 손으로 꽁꽁 싸매서 아무도 보여주지 않고 고래고래 소리를 치며 가져온 물통에 넣고 밥도 주고 기른다고 하면서 한바탕 난리를 치곤 한다. 그러다가 얼마쯤 시간이 지나 이 고기를 풀어줘야 한다는 것을 알고는 자연을 이해하고 방생의 개념마저 어렴풋이나마 알게 되면서 대단한 자연 체험을 하는 교육 효과도 보게 되는 것이다. 아이가 고기를 놓아주지 않고 기른다고 했을 때 부모들이 자연에서 자란 생물은 자연에 놓아주는 거라는 따뜻한 교육을 하면 어느 정도 자연 속에서 함께 사는 의미도 깨닫곤 한다. 아니 그보다는 시간이 조금 지나면 언제 그랬냐는 듯이 잡은 고기에 대한 매력이 떨어져 자연스럽게 고기를 놓아주게 되는 것이다.

사실상 아이들이 자연에서 신기한 체험을 할 때는 처음이 가장 신기한 것 같다. 조그만 치어를 손에 쥐고는, 조심조심 이동하는 손톱보다 작은 개미 무리를 보고는 아이들은 고래를 잡은 듯이 큰 소리로 자연의 신비를 만끽하는 것이다. 그러면 또 부모들은 아이가 즐겁게 노는 모습을 보며 함께 즐거워하는 것이 숲속 캠핑의 놀라운 체험이라고 할 수 있다.

무엇보다 야외로 온 가족이 캠핑을 오면 일상에서는 느껴보지 못했던 자연에서의 놀이를 통해 가족이 공동의 목표를 가지고 활동하는 것이 그동안 느껴보지 못했던 색다른 즐거움으로 다가온다. 어떤 엄마들은 아이와 아빠가 고기 잡고 장작 패는 아주 단순한 목

표에 집중하는 모습을 보며 해맑은 웃음을 지으며 즐거워하신다.
야영장에서 남자들은 사냥의 본성이 살아나며 야외에서 에너지 넘
치는 활동을 하고 여성분들은 매듭하고 레이스를 뜨면서 보금자리

를 지키는 모습을 보인다. 야영장에서의 자연친화적인 생활은 전에는 느껴보지 못한 색다른 가족애를 북돋아준다.

우리가 아파트나 맨션 같은 닫힌 공간의 인공 시설물 안에서만 크다 보면 언제 봄이 왔는지, 언제 꽃이 폈는지, 언제 눈이 왔는지 같은 자연의 감성에 대한 감각이 무뎌져 별 생각 없이 생활하곤 한다. 그러다 숲에 오면 잊었던 감성이 하나둘 깨어나게 된다. 봄이면 아름다운 꽃이 피고, 여름엔 비 온 뒤 한층 짙어진 녹음을 보고, 가을이면 들녘에 여문 노란 벼를 보고, 겨울엔 눈 덮인 하얀 산을 보면서 바로 바로 자연의 신선한 정경(情景)을 몸으로 받아들이는 것이다.

아이들이 천진난만하게 물에서 뛰어 노는 것을 지켜보고 있노라면 어릴 적 개구쟁이들과 맨손으로 살아서 펄떡거리는 물고기를 잡던 때를 회상하게 된다. 내 어릴 적 살던 곳은 경치 좋은 개울가였다. 앞쪽에 높고 멋진 바위산이 있고 그 앞에 홍천강 상류라서 청정한 강물이 흐르고 그 중간에 작은 섬이 있었다. 봄이면 소들이 밭을 갈고 논의 서래질이 끝나면 소들을 이 섬에 풀어 놓았는데 우리도 그 섬에서 살다시피 했다. 개울에서 멱 감고, 섬 주변의 돌멩이를 주워다 담을 쌓고 들풀을 꺾어서 지붕을 잇고 그 속에서 쉬기도 했다. 개울가 모래밭에 물떼새들의 알도 찾고, 잔디밭 소똥 속에서 소똥구리로 장난을 치기도 했다. 소똥이 4일 정도 되면 소똥 구더기가 제법 크는데 이 소똥구더기를 이용해서 낚시 미끼로 이용하면 물고기가 잘 잡혔다. 그때는 물고기 잡는 것에 정신이 팔려 근심 걱정 하나 없던 그 시간이 너무 좋았다. 바쁜 일이라고는 하나 없었다. 물과 하나가 돼서 놀았다. 나는 그 작은 개울의 바위나 돌, 혹은 개울가에 서 있던 밤나무와 하나도 다를 바가 없었다. 아이들은 오로지 저들만이 뛰노는 개울가에서 다슬기도 잡고, 물고기도 잡고, 물총놀이도 하면서 즐거운 시간을 보낸다.

겨울부터 요즘 같은 이른 봄에는 고기들이 얼음 밑이나 돌 혹은 바위 밑에 들어가 있다. 그 돌이나 바위를 지렛대로 흔들면 고기들이 놀라 뛰쳐나오다가 내놓은 족대 안으로 들어가 걸린다. 많은 곳에서는 대여섯 마리씩 잡혔다. 달아난 것까지 친다면 돌 하나에 열 마리 혹은 열댓 마리가 들어 있다.

아이들은 계절을 느끼는 감이 조금 남다르게 다가온다. 그래서 부모님이 아이들과 함께 야외로 놀러 가면 아이들의 언어가 평소와 달리 무척 순수하고 이쁜 말들을 쓰는 걸 목격하게 된다. 이런 것들이 아마 자연을 보면서 바로 느끼는 감정과 교과서에 나와 있는 교훈적인 감성이 전혀 다른 것인지도 모른다. 자연에 오면 아이들이 하는 말들이 나무나 숲, 물고기, 짐승, 날벌레, 꽃, 꿀벌 등을 보면서 참 예쁘고 순하게 말하는 것을 보게 된다. 아이들이 느끼고 보고 오는 것들이 아이의 시야를 상당히 넓혀 놓는 것이다. 숲이 인간을 순치(domestic action)시킨다.

## 전문가 못지않은
## 어린이들의 자연생태지식

얼마 전 해가 어둑어둑 저물 때쯤에 5살쯤 된 꼬마가 꿀벌 벌통을 살피고 있는 나에게 다가와 모기만한 소리로 조심스럽게 말을 걸었다.

*"할아버지 이거 지금 분봉할 때 안 됐죠?"*

나는 꼬마가 하는 말에 깜짝 놀라 소리나는 쪽으로 돌아보았다. 어떻게 요 꼬마 녀석이 분봉을 알까? 벌도 모를 나이인데 분봉을 알다니? 또래답지 않은 꿀벌 지식에 놀라지 않을 수 없었다.

그래서 내가 무릎을 탁 꿇고 아이에게 말했다.

*"아직은 분봉할 때가 아니고 조금 있으면 될 것 같아."*

그러자 아이가 대뜸 하는 말이 *"그럼 요즘엔 숫벌이 나와요?"* 하고 묻는 게 아닌가.

내친 김에 꿀벌에 대해 이런 저런 걸 물어보니 척척 대꾸하는 게 완전 전문가 수준이었다.

아빠랑 둘이 왔길래 내가 아빠 보고 *"집에 벌을 키우세요?"* 하고 물어봤다. 그랬더니 그건 아니고 집에 꿀벌 생태계를 다룬 농업용 책이 있는데 아이가 아예 손에 쥐고 산다는 거였다. 농촌진흥청에서 농촌 교육용으로 배포해 준 책이라고 했다. 언젠가 아이에게 그 책을 읽어줬더니 계속 그 책만 읽어달라고 조른다는 거였다. 아이의 성화에 못 이겨 벌써 수십 번도 더 읽어줬고, 틈나는 대로 아이는 그 책을 끼고 살았다고 한다. 책의 저자는 청주에 사는 유명한 꿀벌 전문간데 농민들 교육 교재로 쓴 걸 아이가 엄마가 읽어주는 내용에 완전 빠져든 거였다. 요즘 아이들은 자기가 좋아하는 한 곳에 빠지면 그렇게 완전 박사급으로 몰두하는 것 같았다. 꼬마와의 즐거운 꿀벌 사건(?)을 겪으면서 트리하우스에서 아이용 아동버전으로 트리하우스 얘기를 써서 읽어줘도 좋겠다는 생각을 해봤다. 캠핑장을 찾은 아이들에게 자연 생태계나 자연 보존에 관한 의미 있는 내용을 가르쳐주면 야외에서 아이들이 쉽게 이해할 수 있겠단 생각이 들었다. 부모님들도 야외에 오면 아이들이 유난히 자연의 조그만 생명들에 관심을 갖는다는 걸 잘 안다. 아이들은 꿀벌뿐만 아니라 땅 위를 꼼지락거리며 기어다니는 개미에도 관심이 많고, 개울에서 잘 보이지도 않는 조그만 치어를 유심히 관찰하며 놀라울 정도로 세심한 관찰력을 보이곤 한다.

## 아이들을 위한
## 자연재생환경 교육체험장을 운영하고 싶다

트리하우스 숲캠핑장을 운영하면서 오래전부터 하고 싶었던 건 아이들을 위한 자연재생환경 코너를 만들어서 아이들이 직접 체험할 수 있는 야외교육장을 운영하는 것이었다.

요즘 환경에 대한 관심이 높아지면서 쓰레기를 태우는 폐기물에 대해서 일일이 규제를 한다. 그런데 전통방식으로 하는 구들은 규제를 안 한다. 물레방아를 돌려서 간단한 전기를 얻는 방법을 아이들에게 직접 보여주고 싶다.

필자는 산속에서 10년 전부터 RE100을 실천하고 있었다. 트리하우스 근처 목재작업장 지붕에 태양광 패널을 설치해 내가 쓰는 전기뿐 아니라 우리 동네 50가구 정도 쓸 수 있는 에너지를 지붕 위에서 생산해 왔다. 목재 작업장 지붕 위에 100kwh의 전기가 생산이 된다. 그래서 우리 동네에 정전이 되어도 태양광 전기로 전기를 쓸 수 있다. 태양광은 야간에는 전기가 생산이 안 된다. 그런데 물레방아는 24시간 연중 돌아가니 전기를 생산해 낼 수 있다.

트리하우스에 놀러온 아이와 부모님에게 근처에 지은 물레방아를 통해 에너지의 발전 원리와 필요성을 알려주려고 한다.

태양광은 가시적인 효과가 없지만 물레방아 같은 경우는 돌아가게 되면 가시적인 효과가 크다. 수량 때문에 큰 규모의 전기는 시연해 볼 수 없지만 물이 흘러가고 수차가 돌아가고 발전기가 돌아가서 전기가 나오고 그 전기를 갖고 핸드폰으로 충전해 본다거나 캠핑 데크 조명을 켜본다거나 해서 시연을 하면 신재생에너지 교육이 충분히 될 수 있다. 물레방아를 돌려서 콩을 갈아 두부를 만들고, 도토리를 갈아서 도토리묵을 만들어 캠핑 온 가족들이 먹을 수 있도록 하는 것이다. 아이들이 그걸 보면서 에너지에 대한 공부도 되고 색다른 음식체험도 하면서 자연을 이해할 것이다. 전기는 항상 콘센트를 꽂아서 쓰는 건 줄 알았는데 우리가 직접 보는 데서 전기를 만들어 사용할 수 있다는 데에 신기해 할 것이다. 그걸로 음식도 먹을 수 있고 전기를 켤 수 있는 걸 보면 아이들이 신기해하면서 자연스럽게 에너지 절약이나 에너지 리사이클링에 대한 교육이 될 수 있다.

또한 트리하우스에서 방사해서 키우는 닭에서 직접 아이가 달걀을 가져오고 텃밭에서 오이며 상추도 캐와 아이와 엄마가 요리도 해먹고, 닭들이 나머지 음식물 쓰레기를 어떻게 치우는지도 야외에서 직접 보여주는 것이다.

그래서 아이들이 태양광 패널이며 물레방아 돌아가는 원리, 닭의 음식물 쓰레기 처리 같은 것들을 직접 보면서 신기함과 함께 에너지 절감이나 환경 보존, 에너지 리사이클링에 대한 교육이 자연스럽게 될 수 있는 자연체험교육장으로 활용하고 싶다.

## 캠핑, 야생, 자연, 놀이

산에 살면 하루 종일 산길, 오솔길, 마을길을 수십 번 오르락내리락 걷는 게 일이다. 걸을 때마다 숲에서 들려오는 물소리는 더위에 지친 내 몸을 깨끗하게 정화해준다. 때로는 녹음으로 뒤덮여 어둑신한 숲길을 걷노라면 세상잡사로 헝클어졌던 마음이 어느새 맑은 계곡물 마냥 시원하게 개인다.

종일 가야 사람 몇 만나지 않는 산속 살이에선 가끔 번지수를 잘못 찾은 멧돼지며 고라니가 자연살이에 서툰 인간을 보며 서로 난처해한다. 저들도 사람이 무섭기는 매한가지인지 가끔은 언덕 너머에서 크르렁 하는 거친 소리로 경계를 드러낸다.

산속에 머물면 수천 가지 자연의 소리가 조화롭게 연주를 한다. 바람에 나부끼는 나뭇잎 소리, 고요한 산을 적시는 눈 내리는 소리, 하루 종일 시끄럽게 울어대는 산새들의 소리, 불현듯 숲을 박차고 뛰어가는 날짐승들의 거친 숨소리….

그렇게 오만 가지 소리들이 숲의 정적을 가끔씩 흔들며 적당한 고요의 소리로 물든다. 바람 한 점 없는 날 눈 내리는 산길을 걷다 보면 세상 시끄럽던 새들도 어느새 잦아들고 소복소복 눈 내리는 소리만 숲을 적신다. 가만히 들어야 눈 내리는 소리가 들린다. 고요 속의 조용한 외침, 혼자 듣기 아까운 숲소리의 절창이다!

우리 숲 어디서나 쉽게 볼 수 있는 소나무나 잣나무 같은 침엽수림은 머릿속이 시원하게 맑아지는 특유의 솔향이 풍겨 멀리서도 숲에 접어들었음을 느끼게 한다. 보통 소나무에서 나는 진한 솔향은 나무가 지닌 테르펜 계통의 휘발물질이 공기 중에 섞여 나는 향이라고 하는데 우리는 이 물질을 '피톤치드'라 해 산림욕에 가장 좋은 휘발성 향으로 알고 있다. 소나무 잣나무와 같은 침엽수에는 송진이 나온다. 소나무에 상처가 나면 상처 부위에 투명하고 끈적이는 송진이 나와서 상처부위를 빠르게 덮어 바이러스 박테리아 같은 균이나 곤충들의 침입을 막는다.

숲이 주는 자연의 선물은 우리에게 인공물이 줄 수 없는 색다른 감흥을 준다. 우리가 일상에서 대하는 도시의 인공물은 직선적이고 일정하지만 숲은 낯설고 깊고 다채롭다.


생존을 위한 사냥문화에서
놀이에 적합한 음식문화로 발달한 캠핑문화


캠핑의 어원은 전쟁에서 시작되었다고 한다. 전쟁이라고 하면 시가전도 있고, 고지전도 있겠지만 대부분의 전투는 들판이나 숲에서 이루어졌고, 들판과 숲에서 장기간 전투를 벌이는 군인들이 야외에서 먹고 자는 문제를 해결하는 방법에서 캠핑이 유래되었다고 한다.

　이를 다른 각도에서 조금 더 거슬러 올라가 보면 오래전 원시시대에는 지금과 같이 발달된 건축물을 지을 수가 없었으니 강가 옆이나 목 좋은 큰 나무 둥지 아래 비바람을 피하고 맹수의 위험에서 벗어나고 밤을 보내기 위한 목적으로 움집이나 가벼운 텐트 형태의 간단한 건물을 짓고 추위를 피하기 위해 모닥불을 피운 데서 유래되었다는 설도 있다. 추위를 피하고 비바람을 피하기 위해 큰 나무 아래나 나무 위에 비가림 시설을 만들고 나뭇잎으로 바람을 막는 간단한 시설을 만든 것이 오늘날 텐트의 원형이 아닐까 하는 생각도 해본다.

　우리 인간도 원시시대에는 초식동물이었다. 과거의 인간들은 이빨과 뱃속이 엄청 컸다. 입이 툭 튀어나오고 내장기관도 소화기관도 컸었는데 우리가 육식을 하고 고기를 익혀 먹음으로써 이빨의 기능이 퇴화되어 점점 이빨이 작아지고 내장기관도 짧아지고 머리는 커졌다. 음식을 소화시키는 에너지를 머리를 쓰고 손을 쓰는데 사용하게 되었다. 그러면서 인간은 점차 꼭 필요한 목적 이외의 것들에도 흥미를 가지게 되었다. 가령 생존의 이유 때문에 잡아먹어야 했던 동물을 사냥의 용도로 오락을 가미하기 시작했고, 식용으로만 먹었던 야생풀이나 나무순도 관상용이나 취미로 보는 용도로도 활용하게 된 것이다. 이렇게 생존을 위한 먹는 본능이 점점 약해지면서 인간은 진화하는 과정에서 자연스럽게 놀이문화에 적합한 인간형으로 진화하게 되었다. 입과 내장기관만이 유독 컸던 인간이 점차 사냥과 두뇌회전이 많아지면서 손발이 커지고 머리가 커지는 현생인류형 체형으로 변하게 된 것이다. 그리고 수렵과 채집을 하면서부터 자연 속에서 생존과 놀이를 위한 사냥과 물고기 잡이, 다채로운 식물의 선별 등이 요즘 캠핑에서 우리가 흔하게 체험하는 캠핑문화로 발전하게 된 것이라는 게 문화인류학자들의 공통된 견해이다.


숲캠핑, 심신을 안정시키고 마음이 정화되는
자연치유능력을 즐기는 레저문화


산을 경영하는 사람으로서 반가운 소식은 2016년에 산속에서도 야영장을 할 수 있는 법안이 국회를 통과한 것이다. 캠핑장을 운영하는 것은 산림 보존이라는 고유의 산림 사업을 하면서 산림의 이용가치를 높이기에 용이한 사업이다. 숲속 캠핑장 조성은 나무가 크는데 크게 지장이 없는 사업이다. 오히려 사람이 있음으로서 숲이 더 잘 큰다.

숲속의 공기는 월등히 미세먼지가 적고, 도시나 바다보다 산소포화도가 더 높다. 그래서 사람들이 숲에 오면 머리가 더 맑아지고 깨끗하게 느끼는 것이다. 남북전쟁 당시 많은 환자로 인해 병원 밖에 방치한 환자가 병원 실내환자보다 먼저 빠르게 치유되는 효과는 숲 치유 효과이다.

방송에서 종종 방영되는 〈나는 자연인이다〉 같은 프로를 보면 병들어 죽으러 산에 갔는데 산에서 병이 다 나아 살아남았다는 스토리는 다 산속의 자정과 치유능력이 뛰어나다는 것을 입증하는 사례라고 할 수 있다. 그만큼 숲이 갖고 있는 자연의 치유능력은 심신을 안정시키고 미세먼지 없이 맑은 공기를 맡고 나무에서 피톤치드가 나와 우리 몸의 살균 정화 작용을 해주고 산소 포화도가 높은 질 좋은 산소를 맡을 수 있는 것이다. 숲에서는 더 좋은 산소를 맡을 수 있어서 숲에 가면 우리는 자연치유능력이 높아져 기분 좋고 심신이 안정된 편안한 느낌을 받게 되는 것이다.

정말 숲속에 들어오면 혼자만의 캠핑을 하고 싶은 마음이 간절해진다. 그래서 누구에게도 방해받지 않고 자연 속에서 편안히 쉬고 자연의 기를 받아 오고 싶어 한다.

우리가 나만의 자연 속 교감을 하고 싶은 원초적 욕망은 평소에 공동주택에서 살다가 캠핑을 하면 나만의 자유와 자연을 만끽하고 싶은 해방감을 느끼고 싶어서 그럴 것이다.

숲속 캠핑장은 바로 이런 현대인의 자연 추구 본능을 가장 자연스럽고 충실하게 느끼고 즐기게 해줄 수 있다는 것이 가장 큰 장점이다. 지금 트리하우스는 숲속 자연 바로 옆에 숨 쉬고 있다. 트리하우스 캠핑장 옆에는 시원한 계곡물이 흘러넘치고 숲속 주변 소나무와 야생화, 들풀은 봄여름가을겨울 사시사철 바뀌는 계절의 변화를 뚜렷하게 보여준다. 이 모든 신비와 생명의 충만함을 트리하우스 계곡야영장에서 바로 즐길 수 있는 것이다.

장작패기, 캠프파이어, 물고기 잡기,
자연의 맛과 멋을 제대로 즐기는 캠핑여행의 재미

야생에서 즐기고픈 인간의 욕망은 캠핑이라는 조금은 느슨하고 아날로그적인 공간과 생활방식을 통해 자신 안에 숨어있는 자유인의 놀이문화를 자극하게 된다. 이러한 우리의 잠재된 욕망이 자연스럽게 분출되는 놀이가 바로 캠프파이어를 비롯한 자연을 그대로 바라보는 행위라 할 만하다. 그중에 으뜸은 역시 캠프파이어를 하며 즐기는 불멍과 맑은 물이 철철 넘쳐흐르는 개울물을 바라보며 자연 그대로 돌아가는 물멍, 짙푸른 녹음과 쭉쭉 뻗은 나무로 뒤덮인 숲에서 즐기는 숲멍이 캠핑의 꽃이라 할 만하다.

　캠핑장에 오면 사람들은 집에서 안 하던 원시적인 힘겨루기를 과시하느라 여념이 없다. 트리하우스에서는 캠핑족이 마음껏 야생에서 힘을 발산할 수 있는 원시놀이를 많이 구비해 놓았다. 그중 대표적인 놀이(?)가 바로 장작패기이다. 장작패기에 쓰는 장작은 3년 동안 비를 맞지 않은 말린 나무장작만 잘라준다. 일반 도시민들은 장작을 잘 못 패기 때문에 보통 장작보다 절반인 20cm 길이로 잘라 둔다. 캠핑용 화로대가 작기 때문에 입구에 잘 넣으려면 작게 잘라줘야 한다. 너무 크게 나무를 잘라놓으면 너무 커서 잘 패질 못한다. 일부러 장작 팰 때의 쾌감을 느끼시라고 장작을 패주진 않는다. 아빠나 아이에게 장작을 가져다주면 아빠나 아이 모두 장작 패는 걸 그렇게 좋아할 수가 없다. 어떤 아이는 장작을 패면서 손에 물집이 잡히도록 열심히 팬다. 물집 잡히면 약 바르고 다시 도끼를 잡고 패고 또 팬다. 장작을 패는 행위에 대해 엄청나게 집착을 한다. 통나무에 시선을 고정하고 도끼로의 탄착점을 잰 다음 도끼를 들어 올려 힘차게 내리치면 '쫘 – 악' 장작이 갈라지는 희열을 느끼고 칭찬받는 걸 무척 좋아한다. 또 어떤 사람들은 장작을 패서 주변 사람들에게 다 나눠준다. 옆집까지 다 나눠주면서 캠핑 온 사람들끼리의 동질감을 느끼려고 한다.

　장작을 쪼개기 위해서는 도끼가 필요하다. 도끼는 고기도 자르고 음식도 자르는 등 못하는 게 없다. 이런 도끼질을 통해 사람들은 자기 안에 있는 원시적인 본능이 야외에 와서 되살아나는 것을 느낀다. 선사시대엔 도끼로 나무를 자르고 자른 나무를 가지 쳐서 기둥도 만들고 지붕의 기와인 너와도 도끼로 다 다듬어서 뚝딱 뚝딱 자신들이 살 보금자리를 만들곤 했다. 그렇게 모든 일을 다 도끼로 처리하다보니 우리에게 도끼는 단순한 도구 이상의 의미를 가질 수밖에 없었고, 그래서 우리나라 동요나 옛날이야기에도 단골처럼 '도끼'가 약방의 감초처럼 등장하곤 한다.

야영장에서 캠프파이어나 장작패기 못지않게 아이와 아빠가 좋아하는 놀이가 물고기 잡기이다. 개울가에 물고기가 늘 노닐어야

하기 때문에 가끔 개울에 치어를 풀어놓는다.

물고기는 사료 효율이 가장 좋은 고기다. 먹이를 먹었을 때 살이 찌는 비율을 증체율이라고 하는데 물고기가 증체율이 가장 높은 것으로 알려져 있다. 돼지가 사료 1kg을 먹으면 500g 정도의 살이 찌고 소는 400g 정도 살이 찐다. 그런데 물고기는 사료 1kg을 주면 체중이 1.1kg 정도 증체된다. 물고기의 증체율은 무려 110%나 되

는 것이다. 그래서 인류학자들은 물고기가 미래의 식량이라며 물고기 양식을 권장하고 있을 정도다.

트리하우스에서 물고기에게 먹이를 주는 방식은 좀 독특하다. 여름이면 이 계곡의 물 위에 인공불빛을 비춰준다. 그러면 조금 있다 나방이나 해충들이 불빛을 보고 몰려왔다가 물에 빠지게 된다. 그러면 물고기들이 물에 빠진 벌레들을 먹는다. 불나방처럼 몰려든 나방, 파리, 알벌레 같은 것들이 물고기의 맛있는 먹거리가 되는 것이다.

재밌는 것은 인공불빛의 먹이효과를 톡톡히 누리는 놈이 따로 있는데 바로 두꺼비이다. 두꺼비는 불빛만 비추면 어디서 왔는지 쓱 나타나 조명 밑에서 기다리다 떨어지는 나방이나 곤충들을 날름날름 맛있게 먹곤 한다. 높은 벽에 붙어 있는 곤충은 온 산새들의 아침 식사가 된다.

야외에서 즐기는 색다른 별미 요리는 야외 즉석 돌구이 요리이다. 강가 모래밭에 넓적한 돌멩이를 나무로 불을 지펴 뜨겁게 달군 뒤 돌멩이가 뜨거워지면 그 위에다가 옥수수, 감자를 넣고 풀과 나뭇가지를 덮은 다음 모래를 덮는다. 그다음에 고무신으로 물을 떠다가 모래 위에 붓는다. 그러면 그 물이 돌멩이를 부글부글 끓게끔 해서 수증기와 달궈진 돌멩이의 열로 익혀 먹는 야외 별미이다. 강가에 놀러 와서 취사도구나 솥이나 냄비 없이도 해먹을 수 있는 요리로 전 세계에 다 있는 요리이다. 물고기나 뱀, 물새알이 야외에서

손쉽게 잡아서 구울 수 있는 재료여서 이런 것들을 주로 해먹었다.

　이런 방식은 중남미 멕시코에서는 '쿠란토'라 하고 알라스카에서도 하고 유럽 사람들도 야외에 오면 잘 해먹는 음식이다. 뉴질랜드와 터키 같은 화산지대에서는 화산 열기로 쿠란토를 하기도 한다.

　트리하우스 계곡야영장에서는 특별한 캠핑족을 위해 자연을 그대로 느낄 수 있는 다양한 방법을 준비하고 있다. 먼저 이용객들에게 모닥불을 제공해 자연친화적이면서도 아날로그한 놀이문화를 선사하고 있다. 계곡야영장을 찾은 이용객들은 마음에 맞는 친구들이나 가족끼리 모여서 인위적이지 않고 자연의 맛을 그대로 느낄 수 있는 자연에서 캐고 찾고 만지는 놀이들을 야영장 근처의 개울가며 나무숲에서 지천으로 즐길 수 있다. 이러한 야생 놀이문화는 캠핑객들이 어렸을 때 놀았던 산에서의 총 놀이나 숨바꼭질, 개울가에서의 물고기 잡기, 산속에서 개구리 잡기 같은 예기치 못한 자연의 낯선 경이를 마음껏 만끽하도록 한다.

홍천　산촌여행에선
홍천　먹거리를

홍천의 산골로 캠핑을 왔다면 홍천 사람들이 잘 해먹는 산골음식도 현지인에게 부탁해 맛볼 만하다. 산골엔 바다나 도시처럼 다양한 식재료와 고급 향신료를 첨가한 풍미 가득한 요리를 만들어낼 순 없지만 산골만이 낼 수 있는 토속음식의 소박한 맛을 음미할 수 있다. 홍천 사람들이 잘 먹는 봄나물은 화살나무 꽃잎 비빔밥이다. 화살나무 잎에 된장 좀 넣고 들기름 넣어서 쓱쓱 비벼 먹으면 백암산의 진한 산향이 물씬 입가에 맴도는 잊을 수 없는 나물 무침이다. 화살나무 꽃잎은 머리가 맑아지고 항암 효과도 탁월한 약용식물이다. 화살나무 꽃잎과 묵나물을 넣고 나물밥을 해먹어도 산골음식

의 별미를 맛볼 수 있다. 화살나무꽃잎 비빔밥과 명이나물이 4월 초 음식이라면 4월엔 산마늘로 홍천만의 산 음식을 음미해볼 만하다. 여기에 산에서 나는 통이 굵고 묵직한 두릅을 통째로 따서 데쳐서 고추장에 찍어먹으면 굵직한 두릅이 따끔따끔하게 목구멍을 넘어가며 입 안 가득 두릅향이 번진다. 산두릅은 노지에서 재배한 작은 두릅보다 산에서 나는 큼지막하고 줄기가 굵은 걸 통째로 입안에 넣고 우걱우걱 씹어 먹어야 통째로 산을 흡입하는 맛을 느낄 수 있다. 산나물과 두릅, 여기에 산속 비타민인 음나무순, 다래순 같은 청정산나물도 홍천 산골로 여행 온 김에 한번 맛볼 만한 별미다. 이 산에 지천으로 널린 순자연표 산채나물로 이곳만의 청정건강음식을 맛보는 것도 홍천 숲캠핑의 특별한 즐거움이 아닐까. 산채 중에는 가시가 있는 것이 많다. 잔가시가 많은 두릅, 귀신도 무서워한다는 엄나무, 산딸기, 가시오가피, 땃두릅, 산삼 잎새에도 잔가시가 많다. 이 좋은 산채들은 뭇 짐승들이 공격을 하기 때문에 자기 방어 목적으로 가시가 만들어졌을 것이다.

오늘도 트리하우스 곳곳에선 아빠와 아이의 탄성이 연신 터져 나온다. 일상의 번잡함을 벗고 자연에서 즐기는 숲속 캠핑장만의 즐거운 한때. 한 가족은 지금 땀을 뻘뻘 흘리며 캠프파이어에 쓸 장작 패기에 여념이 없고, 또 다른 가족은 개울가로 몰려가 고기 잡고 물장난 하느라 옷이 다 젖은 것도 모르고 연신 환호성이 터진다. 숲속 트리하우스에 밤이 찾아오면 캄캄한 밤하늘을 수놓는 빠알간 모닥불 타는 소리와 불꽃에 어느새 야외캠핑은 절정에 달한다. 통나무를 6등분으로 쪼개 만든 우드토치로 커피를 끓여먹는 맛은 또 어떨까. 바람이 아무리 불어도 꺼지지 않는 나무햇불(wood torch)에 뜨끈뜨끈한 화기가 옆집까지 번질 것 같다. 우드토치로 끓인 불커피, 활활 타는 모닥불 곁에 앉아 불커피 한잔을 마시며 트리하우스에서 보냈던 잊지 못할 추억들을 차분히 되새겨본다.

트리하우스에선 자연과 어떻게 더 접근하고 더 가까이 지내고 더 깊게 교감을 할 수 있을까?를 고민하며 색다른 캠핑의 추억을 만들어드리고 싶었다. 하루를 찾아도 '참 잘 왔다 간다'고 흡족하게 좋아하시는 이용객들을 보며 트리하우스 숲캠핑만의 특별한 하루를 체험시켜 드릴 수 있어 마음이 놓인다. 한국적인 산촌형 트리하우스. 그걸 마지막으로 지은 것이다.

Chapter **3**

# 나무독립군의 뜨거운 숲생활

## 나무철학자 · 나무꾼 · 자연인의 숲살이 준비

나무 위에 올라서 숲을 볼 때와 땅 위에서 숲을 볼 때 시야에 들어 오는 숲의 사물은 제각각 다른 것들이 보인다. 나무 위에서 숲을 보면 하늘을 배경으로 나무들이 보이고, 앉아서 보면 땅 위로 꼬물거리며 기어 다니는 날벌레들이 보인다.

지금도 숲을 관찰할 수 있는 숲지기로 돌아온 것이 이렇게 행복한 것인 줄을 하루하루 깨닫는 나날이다. 직장생활 할 때는 사람과 사람 사이에서 주어진 일과 관계 속에 파묻혀 그저 오늘도 무사히 지나가기를 바랐던 날들의 연속이었다. 보이는 건 서류뭉치고 만나는 건 사람뿐이었다. 그래도 마음 한켠엔 숲에 대한 그리움과 자연에 대한 동경으로 주말이면 일부러 짬을 내 나무도 심고 숲도 손보곤 했지만 고향 산으로의 귀향은 꿈만 같은 일로만 여겨졌었다.

그런데 주말마다 숲에 들어 아무런 목적 없이 눈에 보이는 숲속 미물들과 하늘을 찌를 듯이 높이 치솟은 나무들을 보며 내가 머물 곳은 숲밖에 없겠다는 생각을 점점 굳히게 되었다. 숲으로 돌아가기 위해서도 좀처럼 나에게 곁을 내줄 것 같지 않은 숲과 친해질 필요가 있었다. 그래야 아름답게 날아다니는 나비를 볼 수 있고, 나뭇가지에 걸려 가끔씩 미풍에 흔들리는 잎새도 볼 수 있는 것이기 때문이다. 그즈음부터 숲에 적응하는 시간이 필요했다. 캄캄한 한밤

중에 조명을 끄고 시간이 지나면 야간 시력이 서서히 되살아나는 것처럼.


산의 정서를 간직한 숲살이를
준비하던 시간들


아주 어렸을 때, 할아버지로부터 '산을 가꾸고 잘 지켜라'는 말씀을 운명처럼 받아들인 이후로 나에게 '산'은 벗어날 수 없는 숙명의 터전이었다. 홍천의 두메산골 촌놈이 '산을 지켜라'는 의미를 알게되기까지 50여 년의 산지기로서의 삶은 그저 평범한 직장인으로서의 생활에 덤으로 집안의 산을 훼손하지 않고 잘 지키는 정도의 여가의 일 정도였다. 그래도 다행인 건 70년대엔 남처럼 열심히만 하면 취직은 그런대로 잘 되던 호경기였다는 것이다. 지역인 강원대에서 학사와 석사 과정까지 마치고 무난히 농협에 입사해 남들과 같은 일상적인 직장생활을 20년 가까이 했다. 그래도 나름 성실한 성격과 사람 사귀는 것도 좋아해 회사에서 열심히 일하다보니 승진도 남보다 빨리 되었다. 그런데 '산주'로서의 또 다른 이력은 나를 일찍 임원생활로 이끌었고, 그렇게 홍천군 산림조합장도 하고 감사협회 회장도 하면서 사십대 초반부터 임원생활만 무려 20여 년을 했다. 그때부터 현실은 늘 임원의 연임 여부에 촉각을 곤두세우는 생활의 연속이다 보니 언제부턴가 남보다 앞서 퇴직과 노후

　를 생각하는 날들이 부쩍 많아지게 되었다. 그때부터 가진 건 오로지 '산'뿐인 가난한 산주로서 어디 부동산 투자나 적금 투자는 엄두도 못 내고 오직 내가 할 수 있는 건 산에 투자하는 것이었다.

　'산을 잘 가꾸고 잘 지켜라'는 나에게 맡겨진 운명을 어떻게 하면 잘 지킬지를 늘 고민하며 살다가 10여 년 전(2013년) 퇴임하고 고향으로 돌아온 나는 제대로 나무독립군이 되기 위해 필요한 기술을 하나둘 익히기 시작했다. 서울에서 직장생활을 하면서도 30년 전부터 차근차근 숲속의 삶을 준비했다. 나무 공부는 기본이고, 기술

도 익혀 목공지도자 자격증까지 땄다. 주말이면 산에 내려와 나무를 돌보면서 자연스럽게 터득하게 된 건 다양한 목공기술이었다. 어렸을 때 다들 한번쯤은 꿈꾸었을 허클베리 핀이나 톰소여의 모험을 보면 나무 위에서 놀고 뗏목을 타고 낯선 세계로 모험을 떠나는 꿈을 숲에서 제대로 실현해 보고 싶었다. 모든 샐러리맨이 그렇듯 다른 것을 할 수 있는 여건이 안 되었고 새로운 일을 한다는 것은 대단한 리스크가 있다. 평소에 귀동냥으로 듣고, 부모가 해온 일을 하는 것을 유지하는 것이 인생 성공인 것이다.

자연 속에서 살아남는 법을
터득하는 과정

산에 살면 스스로 배워서 해야 할 것들이 참 많다. 미국의 카터대
통령도 귀향해 숲에 정착해 손수 집을 짓고 집수리까지 했다는데
작정하고 숲지기로 살기로 결심한 사람으로서 이 정도는 당연한
배움의 코스였다.

40년 가까이 기른 나무를 가져다 직접 지은 트리하우스. 벽이며
기둥, 전선 하나 구석구석 내 손길이 닿지 않은 곳이 없다. 트리하
우스는 구조가 무게가 많이 나가면 안 되기 때문에 얇으면서도 단
단한 낙엽송으로 만들었다.

인생을 살면서 보람된 일이 세 가지 있었다. 첫 번째는 산에 나무
를 심고 숲을 가꾼 것이고, 두 번째는 일생을 성실하게 살면서 부정
한 돈이나 청탁과는 결별하고 살았고, 세 번째는 트리하우스를 지
어서 내가 하고 싶은 대로 숲생활을 하면서 숲벌이도 되는 일상을
만든 것이다.

숲에서 좋아하는 일을 지속적으로 할 수 있으려면 정말 부지런
하고 뭐든지 스스로 하지 않으면 안 된다. 틈나는 대로 엔진톱이나
8미터 길이의 장대톱으로 나뭇가지를 전지하는 것도 내가 하지 않
으면 아무도 손대지 않는다. 사람도 사회적 거리가 필요하지만 숲
과 나무도 사회적 거리가 필요한 것이다. 그래야 햇빛이 잘 들어가

고 바람이 잘 통하고 잘 큰다.

숲속의 공기는 보약이고 숲속의 햇빛은 만병통치약이다. 숲속에
서 벌들은 스스로 꿀을 모으며 잘 살아간다. 산에 사는 벌들을 논이
나 밭이나 도시에 놔두면 병이 생긴다. 양봉은 두 달만 사람이 관리
하지 않으면 벌들이 병들어 죽는다. 진드기나 병충해에 걸려 한 계
절을 버티지 못하고 사멸한다. 그런데 그렇게 병들어가던 벌들도
숲에 갖다 놓으면 다 살아나 자연 속으로 스며든다. 리사이클이 되
고 활력이 생겨서 병이 치유되고 오히려 꿀도 더 많이 들어오고 맛
도 월등히 좋다. 사람이 관리하는 양봉(養蜂)한 벌들은 절대 두세 달
이상은 못 살지만 산속에 있는 벌들은 수십 년을 홀로 꿀을 꽉꽉 채
우며 잘 살아간다. 모든 생물이 자연 속에서 살아남는 생존법을 터
득하는 것이다. 숲에서는 저만의 치유능력이 있다. 숲에서 나오는
피톤치드나 정향, 맑은 공기, 자연물질 등이 꿀벌을 치유하듯 사람
도 똑같이 치유가 되는 것이다. 그렇게 좋은 숲에서 아름답게 늙어
가고 싶어 40대부터 참 많은 것들을 준비해 왔다.

기다리던 은퇴를 하고 10여 년 전 고향인 강원도 홍천 깊은 산골
로 왔다. 산에서 자유롭게 사는 게 오랜 꿈이었는데 그 꿈을 이루기
위해 집도 절도 없이 지내며 산중 놀이터를 마련했다. 덕분에 숲과
나무는 척척박사가 되었다. 40년을 준비한 행복. 그야말로 인생 꿀
맛. 이제야 비로소 바라던 인생을 살게 됐다.

새로운 꿈과 인생이 이 숲에 뿌리내리고 있다. 숲에선 시들했던 풀들도 싱싱해지고, 병들었던 벌들도 활기차게 날아다니는 재생력과 자연치유능력이 있다. 그 숲에서 마음에 맞는 친구들과 꿀도 따고 송이도 따서 산양삼 넣고 맛있는 영양밥도 해먹고, 계곡에서 시원한 물살을 받으며 생생하게 삶의 노을을 아름답게 빛내고 싶다. 나이가 들어도 늙지 않는 소년의 숲살이 풍경이다.

## 겨울이 뜨거운 숲살이

　홍천의 비탈지고 엉성한 산을 소유한 산주로서 '나무독립군'으로 살기로 결심한 날부터 나에게 가장 뜨거운 계절은 추위와 눈발이 온 산을 뒤덮는 한겨울이었다. 필자가 하도 뜨거운 한겨울 운운하는 장면이 EBS며 지역신문 같은 데 기사로 방송으로 나가면서 이제는 으레 '나무독립군은 겨울이 뜨겁다'가 나를 대표하는 캐츠플레이즈 같은 표어가 돼버렸다.

한겨울이 뜨거운 홍천 산촌의
본격적인 겨울작업

혹독한 추위와 싸우며 한겨울을 뜨겁게 지내는 사람들로는 세계
의 가장 북쪽에 사는 이누이트족을 들 수 있을 것이다. 그들은 영하
40도의 혹한 속에서 살아남기 위해 잠시도 쉬지 않고 몸을 움직인
다. 그래야 체온 유지가 돼서 죽지 않기 때문이다. 이누이트족에게
가만히 서 있는 건 죽는 것을 의미한다. 그들은 순식간에 체온이 떨
어지는 혹한의 지역에 살다 보니 본능적으로 움직일 수밖에 없는
것이다.

우리나라에서 가장 추운 지역하면 사람들은 선뜻 대관령을 떠올리지만 사실 홍천의 서석은 한겨울이면 영하 20도까지 떨어지는 가장 추운 지역이다. 추운 곳 하면 대부분 큰 산이 있는 대관령이나 설악산을 떠올리게 되지만 우리나라는 내륙 쪽으로 갈수록 산악지역이 더 춥다. 낮과 밤의 기온차가 심하다. 낮에는 뜨겁고 바람은 추운 게 내륙지방 기온의 특성인데 내가 사는 홍천이 바로 대표적인 내륙산악지역이다. 홍천은 여름에는 뜨겁고 겨울이면 대관령보다 더 춥다.

겨울의 극한 상황을 이겨내기 위해 열심히 일하는 곤충으로 꿀벌이 있다. 꿀벌의 겨울나기는 혹독한 추위를 온몸을 떨며 이겨내는 군집생활의 대표적인 예이다. 꿀벌이 열심히 일하는 건 추운 겨울을 온몸으로 이겨내기 위한 그들만의 생존법이다. 벌들이 숲속 바위 틈 나무속에 들어가 집을 짓는 이유도 긴 겨울을 나기 위한 월동 준비를 하는 것이다.

홍천의 산촌에 사는 우리에게 겨울은 본격적인 뜨거운 작업을 할 시간이다. 이곳은 보통 겨울이 오 개월이나 된다. 10월 말부터 4월 초까지가 겨울이니 이 겨울을 허투루 보낼 수는 없는 것이다. 1년에 3분의 1이 겨울이니 산촌의 겨울은 바쁘고 힘들기 때문에 뜨거울 수밖에 없는 것이다. 그래서 겨울에는 더 힘든 일을 하는 것이다.

한겨울 대지가 꽁꽁 얼어 있을 때 해야 업무 능률이 최대로 올라가는 일이 나무를 베서 운반하는 일이다. 산에서 큰 나무를 잘라서 끌고 내려오는 일은 엄청나게 땀을 쏟는 에너지가 심하게 소모되는 일이다. 그런데 여름에는 큰 나무를 잘라서 끌고 내려올 수가 없다. 나무를 끌고 내려오는데 풀이나 나뭇가지, 넝쿨에 걸려서 나무를 운반하기가 여간 어려운 게 아니다. 또한 무거운 나무를 축축한 땅속으로 끌고 내려오면 땅속에 빠져서 나무가 자꾸 걸려서 이동이 잘 안 된다.

나무는 봄이면 물이 오르고 가을이면 낙엽을 떨구며 물을 뿌리로 내려서 나무속 수분함량을 줄인다. 추운 겨울 여름처럼 수분이 많으면 한겨울에 얼어터지게 된다. 그래서 나무가 가벼워지고 겨울잠을 자는 동안 산속 나무작업을 해야 한다. 그런데 한겨울에는 땅이 꽝꽝 얼은 미끄럼틀에 눈이 쌓여 산비탈은 얼음판이 된다. 커다란 통나무도 미끄럼 타고 어렵지 않게 운반할 수 있다. 보통 평지에서 나무를 자르면 이동이 잘 안 된다. 그런데 산은 경사가 급해서 한 번에 산에서 밑에까지 쭉 내려가게 된다. 사람들이 생각하기엔 경사가 있는 데서 일하면 더 힘들 것처럼 생각되지만 사실은 추운 겨울을 제대로 이용하는 것이 바로 나무 운반이다. 한겨울 영하 20도로 떨어지는 12월~1월에는 경사진 산에서 나무는 밑에까지 한 방에 내려가는 것이다. 여기에 나무 운반으로 자연스럽게 몸을 움직이다 보면 추운 기온에 얼어붙었던 몸도 한결 더워지고 땀이 나서 한겨울에 땀띠가 난다.

북향식 목재창고는
완전재활용 친환경시설


산에서 일군 소중한 결실 중에 가장 아끼는 보물이 소나무 트리하우스라면 한겨울 장작구들을 만들고 나무를 제재하고 제재한 나무를 쌓아놓고 트리하우스에 들어갈 다양한 목재를 만드는 데 없어서는 안 될 또 하나의 보물창고가 바로 목재창고이다.

내가 지은 목재창고는 햇빛을 안 받도록 해를 등지게 만든 북향식 창고이다. 보통의 집들은 맞배지붕형태의 박공형 집이다. 남쪽으로 창문을 내서 햇빛을 많이 받게 하는 형태로 지어진다. 일반적인 창고나 축사, 우사도 다 남쪽으로 창문을 내 햇빛을 많이 받는 구조로 지어졌다. 그런데 내 목재창고는 인삼밭에서 인삼이 햇빛을 받지 않도록 북쪽으로 가림막을 쳐놓듯이 목재창고도 북쪽으로 향하도록 했다. 10년 전에 목재 가공소와 저장소를 이렇게 만들었는데 이렇게 하면 햇빛이 나무에 그대로 안 닿아 나무가 깨지지 않고 목재가 자연 건조가 되면서 성능이 좋아지는 것이다. 나무를 주로 저장하는 목재창고는 작업의 특성상 햇빛을 많이 받으면 안 된다. 그리고 창고 지붕에는 태양광 패널을 얹어서 태양광을 100% 활용할 수 있도록 리사이클링 에너지로 활용하도록 했다. 창고 지붕의 태양광 패널에선 100kwh 정도의 태양광이 생산이 된다. 이정도 전력이면 30가구 정도가 충분히 쓸 수 있는 전기를 생산하는 것인데, 내가 다 쓰고 남는 것은 필요한 데에 팔아서 산속에서도 해만 뜨면 돈이 생기는 것이다. 이 방식은 산림소득은 삼십년에 한 번 나오지만 해만 뜨면 매일 수익이 발생되니 많은 도움이 된다. 태양광 전기를 만들기 위해서는 태양광 패널을 햇빛의 직각방향으로 설치해야 최대 전기가 생산된다. 한반도는 북위 38도 선상에 있기 때문에 태양광 패널이 38도 각도로 기울여 세워야 전기가 많이 생산된다. 이 각도는 우리나라 산지의 평균 경사각과 일치해서 남향의 경사진 산에 태양광 패널을 설치하면 전기가 잘 나온다. 하지만 산지 경사각이 20도 이상인 경우에는 개발행위를 제한하는 경우가 많다. 태양광 적정발전각도가 38도이고, 남향의 경사진 산지는 토심이 낮아서 수목이 잘 자라지 않기 때문에 100kwh 정도의

소규모 태양광 발전시설을 설치하게 해야 한다. 태양광 발전시설은 도로에 인접해야 하고, 고압선이 지나야 하는 선제 허가 조건이 있기 때문에 아무 곳에나 설치할 수는 없다. 농지에 태양광 설치를 하면 농지를 잡종지로 지목변경해 주고, 산지는 지목변경은 안 되고 일시 사용허가를 받아야 한다. 또한 3년에 한 번씩 재허가를 받아야 하며, 20년 일시 사용허가 기간이 끝나면 원상회복 시켜야 한다. 농지에서는 1.2배의 rec 전기 요금을 주고, 산지에서는 0.5rec를 적용을 해서 산지에는 많은 불이익을 준다. 산에 살고 있는 사람으로서 산지와 농지에 대한 차별을 없애야 한다. 산에 사는 사람이 수익도 적고 힘은 더 든다. 산에는 대규모 토목공사를 하면 산사태 등 재해 위험이 발생하지만 300평 정도의 소규모 시설을 하면 문제가 없다.

창고 지붕 끝에는 빗물받이를 달고 물탱크를 만들었다. 이곳에서 지붕을 통해 내려오는 빗물을 담는 물탱크를 놨는데 이 물탱크에서 저장하는 빗물이 5,000kg 정도 된다. 만약 30mm의 비가 왔다고 하면 1,000 평방미터 곱하기 30mm 하면 3톤의 물이 생기는 것이고 그걸 그대로 저장하는 것이다. 우리나라는 한해 평균 1,500mm 정도의 비가 온다. 따라서 빗물을 받아놓은 물이 약 1,500톤 정도가 생기는 것이다. 이 빗물을 받아놨다가 고추밭이나 농사짓는 곳에 보내주면 훨씬 땅을 비옥하게 해준다. 수돗물은 아무리 줘봐야 별로 효과가 없다. 산이 경사가 가파르기 때문에 빗물을 펌프도 필요 없이 그대로 논밭까지 내려주면 자연환경을 제대로 이용하는 자원재활용이 되는 것이다. 빗물은 지하수보다 철분 같은 미네랄이 없는 순수 물이기 때문에 빨래도 하얗게 잘된다. 대부분의 암반수는 철분 등의 함유로 비누 거품이 일지 않고 변기가 누렇게 변색되는 원인이 되기도 한다.

손수 만든 개량형 페치카에서
차가운 겨울을 따뜻하게

홍천 같은 내륙 산간지역은 기온 차가 한 60도 정도 난다. 한겨울에 영하 20도이고 여름이면 40도 가까이 올라간다. 추운 지역에서는 생존을 위한 체온 유지에 더 신경을 쓰게 된다. 체온 유지를 위해서는 우선 집이 있어야 되고 방구석을 뜨듯하게 데워주는 구들장이 필수다. 구들장은 전 세계에서 우리나라밖에 없는 유일무이한 난방시설로 추운 지방인 강원도 이북이나 북한지역에 있던 것이다. 남쪽에는 구들이 없었다. 지금은 구들이 전 세계로 많이 수출이 된다.

우리는 '구들'방식의 난방을, 유럽 북반구에서는 '페치카'를 사용했다. 구들이 바닥을 데워서 방안 전체를 데우는 방식이라면 페치카는 방바닥은 차고 방안 온도만 따뜻하게 유지하는 방식이다. 페치카의 장점이 열을 저장해 모아놓는 축열방식의 난방시설이라면 단점은 축열하는데 시간이 많이 걸린다는 것이다. 보통 두꺼운 벽돌을 데우는데 5시간 이상이 걸린다. 구들장은 방 구들을 데우는데 한두 시간이면 충분하다. 페치카의 또 다른 단점은 바닥이 차다는 것이다. 방 위의 공기는 따뜻한데 엉덩이를 대고 있는 바닥은 차갑다. 이러한 페치카의 단점을 보완하기 위해 페치카에 온수코일을 넣어서 페치카에 물을 넣으면 바닥까지 온수가 순환할 수 있도록 만들었다. 불을 때면 열이 순환하도록 해 방바닥에서 벽까지 다 데워지도록 한 것이다. 페치카의 열효율은 20%밖에 안 된다고 한다. 나머지 80%는 굴뚝으로 다 열이 나가는 것이다. 페치카는 굴뚝이 일자로 돼 있어서 열이 바로 위로 올라가서 효율이 20%밖에 안 되는 것이다. 구들은 수평으로 열이 퍼졌다가 올라가는데 페치카의 열기는 일자로 바로 올라가서 열 손실이 많이 생기는 것이다.

이러한 페치카의 열 손실을 막기 위해 연소부에 온수코일을 달아서 물이 뜨뜻해지면 바로 바닥부터 돌리고 위로 올라가도록 했다. 하루 중에 일교차를 봤을 때 오후 3시가 가장 기온이 높고 그다음부터 해 떨어지면서 기온이 점차 떨어지기 시작해 새벽에서 해 뜰 때까지가 제일 춥다. 축열식 페치카는 밤 12시에 가장 온도가 높았다가 새벽까지 훈훈한 시스템이다. 그런데 구들은 일찍 뜨거워져서 조금씩 식기 때문에 새벽이 춥다. 내가 만든 개량형 페치카는 구들과 페치카의 장점을 모두 갖춰 바닥이 금방 따뜻해지고 새벽까지 열이 남아 있어서 온기를 유지할 수 있도록 했다.

산촌에 겨울이 오면 산에 사는 생명들은 모두들 긴 겨울잠에 들어간다. 나무속에 집을 지은 산누에고치도 나무속에서 겨울잠을 자고 나방도 잠을 자고 나무도 겨울잠을 잔다. 나무들은 한겨울의 잠자는 동안은 마취상태라 이때 가지치기를 해줘야 나무를 자를 때 안 아픈 것이다. 한겨울에도 뜨겁게 일할 수 있어서 즐거운 시간이 된다. 마치 고치를 뚫고 나온 나비처럼 자유로운 노후 산촌생활을 고대해온 필자에게 산촌의 한겨울은 물 만난 고기처럼 반갑고 신나는 한창 일할 시간이다.

겨울 산에 가면 반갑게 나를 맞이하는 산돌배나무도 15년 전 내가 손수 심은 과일나무다. 내게는 오로지 산만이 나를 살아있게 하는 원동력일 뿐이다. 이 산에서 일 년 내내, 봄, 여름, 가을, 겨울, 월화수목금금금 산에서 일하는 순간순간이 소중하고 행복할 뿐이다.

## 자연을 닮은 숲벌이

숲에서 사는 즐거움은 짙푸른 녹음 속에서 유유자적하며 나만의 생활을 즐길 수 있다는 것이다. 그렇게 봄이면 온 산이 생명으로 피어나는 연둣빛 들풀과 붉고 노란 야생화, 물오른 나무의 새순을 보며 생동하는 자연을 온몸으로 느낀다. 뙤약볕으로 이글거리는 한여름엔 녹음이 짙은 숲에서 계곡물에 발 담그며 시원한 숲살이에 젖어도 보고, 가을이면 울긋불긋 온갖 색감으로 치장한 단풍의 고혹한 아름다움을 눈에 담으며 숲살이의 행복한 완상에 젖어들곤 한다.

산촌 농가 수입의 확실한 수입처,
표고목 만들기

이 행복한 숲살이를 지속하기 위해서는 바로 숲에서 벌어들일 수 있는 경제적인 수익이 뒷받침돼야 가능한 일이다. 무엇보다 내 산에서 나는 산림자원을 이용해 소득을 올리는 게 급선무였다. 나는 이를 위해 땔감도 만들어보고 버섯도 따보고 산마늘이며 자생 산나물도 캐봤지만 무엇보다 농가 수입을 올리는 데 가장 확실한 수

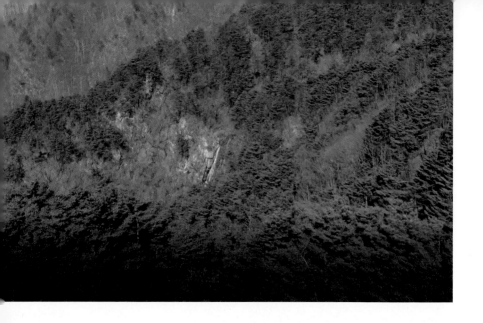

트리하우스, 숲에서 행복하기

입거리는 표고목을 만드는 것이었다.

버섯은 쉽게 말하면 나무를 썩히는 촉진제이다. 나무를 썩히는 촉진제는 버섯에 함유돼 있는 균사이다. 짐승이 죽으면 구더기가 와서 짐승을 분해시키듯이 나무가 죽으면 버섯이 들러붙어 나무를 분해시킨다. 죽어가는 나무에 버섯이 활동을 하게 되면 거뭇한 부위가 하얗게 된다. 이럴 때 버섯들이 죽어가는 나무에 공생해 나무를 분해시키는 것이다. 버섯이 피어나지 못하는 나무는 쓰레기더미가 돼 검게 고목이 되지만 여기에 버섯들이 들러붙어 나무가 자연 속으로 분해되도록 도와주는 것이다. 버섯들은 대략 60% 정도가 죽어가는 나무에 붙어서 공생을 한다. 능이나 송이는 살아있는 나무와 공생을 하는 것이다. 그래서 능이와 송이는 인공재배가 안 된다.

느타리나 표고버섯은 죽은 나무에서만 자라게 된다. 이 버섯들은 죽은 나무와 공생을 하는 것이다. 버섯들의 공생에 대한 개념은 죽어가는 나무와 같이 살면서 나무의 진액을 먹고 버섯은 자라고 나무는 분해돼 사라지게 되는 것이다.

꽃이 피는 시기와 버섯이 피는 시기는 항상 일치한다. 진달래 피면 저온성 표고가 나온다. 밤꽃이 피면 싸리버섯이 나오고, 밤송이가 맺히면 능이가 나오고, 알밤이 떨어지면 송이가 나온다. 마지막으로 단풍잎이 떨어지면 가을 표고가 나온다.

달력으로 기준하면 일주일 이상 오차가 발생하지만 꽃과 버섯은 언제나 정확해서 하루 이상의 오차도 없이 버섯이 생긴다.

봄에는 산나물, 가을에는 싸리버섯-능이버섯-송이버섯-표고버섯의 순으로 피어난다. 표고는 원래 자생적으로는 700고지 이상의 높은 산의 응달에서 나오는데, 이것을 우리가 인공적으로 나무에 균사를 접종해서 가을에 송이 지고 난 다음에 나오도록 했다. 그래서 표고는 봄과 늦은 가을 두 번 나온다. 송이는 살아있는 소나무에서 기생을 한다. 능이와 송이는 살아 있는 나무에서 기생을 하고 표고나 일반 버섯은 죽은 나무에서 기생하는 것이다.

홍천의 쏠쏠한 겨울 경제나기는 땔감용 나무나 목재용 나무를 만들고 표고목을 만드는 것이다. 표고목은 수요도 많아서 산촌의 겨울철 벌이로 한몫 단단히 한다. 보통은 표고를 생산해서 판매를 한다. 표고를 파는 게 아니고 참나무에 표고 종균을 접종해서 표고목을 팔았다. 표고목은 한겨울에 벌채를 해서 껍질이나 통나무에 상처가 나지 않게 하산과 운송을 해서 산벚꽃 필 때 동네분들과 함께 표고종균을 접종을 해서 팔았다. 표고목은 필자가 최초로 판매했다. 지금은 읍내 후배들이 목 좋은 곳에서 판매를 하는데 상당한 수량이 팔리고 있다. 참나무류(도토리나무)라고 해서 상수리나무, 굴참나무, 신갈나무, 떡갈나무, 갈참나무, 졸참나무 등 6개가 있다. 참나무류는 각각 도토리도 다르고 나무껍질도 다른데 표고목 하기에 적합한 나무이다. 버드나무나 자작나무도 표고목으로 사용하긴 하는데 이 나무에선 표고가 나는 기간이 짧은 반면 참나무에 심은 표고목은 버섯이 많이 나온다.

우리 산에는 참나무류가 많아서 한겨울에 낙엽이 지고 얼었을 때 자르면 나무들이 휴면상태에서 종균이 발아가 잘 된다. 나무도 생살처럼 자르면 아프기 때문에 한겨울 동면에 들었을 때 잘라야 나무가 아프지 않고 잘 잘린다.


## 쏠쏠한 산촌 수입,
## 고로쇠 수액 채취


숲에서 산책하면서 수익을 올릴 수 있는 기특한 수입처로 고로쇠 수액 채취가 있다. 고로쇠나무는 사람의 몸에 좋다는 재미있는 전설이 있다. 옛날 어떤 스님이 깊은 산속에서 몇날 며칠을 먹지도 않고 큰 나무 아래서 수행을 했는데 아무 것도 먹지 못하고 수행에만 몰두하다 보니 뼈가 굳고 너무 기력이 쇠해서 그만 일어날 수가 없었다고 한다. 스님은 잘 듣지 않는 몸을 큰 나뭇가지를 붙잡고 겨우 일어서려는데 그만 나뭇가지가 똑 부러져서 다시 주저앉고 말았단다. 그런데 큰 나무에서 똑똑똑 떨어지는 물을 먹고서 기운을 차리고 일어나셨다고 한다. 스님이 기운을 차린 나무가 바로 골리수(骨利樹)나무로 뼈를 이롭게 한다는 뜻의 나무였다. 그것이 후일 골리수에서 골이수로, 다시 고로쇠로 되었다는 전설 같은 이야기. 고로쇠나무는 단풍나무과의 나무이다.

고로쇠는 나뭇잎은 손 모양으로 잎맥이 5개이다. 단풍잎은 뾰족한 잎맥이 11개 이상이다. 고로쇠나무는 키가 큰 교목이고 단풍나무는 관목이다. 캐나다 국기에 있는 나무는 고로쇠나무이다. 그리고 그 나무에서 나오는 수액을 졸여서 수분을 증발시킨 것이 메이플 시럽이다.

고로쇠 수액은 밤의 기온이 영하 5도 사이, 낮 기온이 10도 이하일 때 가장 많이 나오게 된다. 계절로 치면 2월 말에서 3월 초순에 해당하는 시기이다. 고로쇠 수액에는 미네랄이 많다. 수액의 입자가 가늘다. 수돗물의 입자가 농구공만 하다면 암반수 물은 거의 축

구공, 그리고 고로쇠 수액은 골프공만 하다고 할 수 있다. 물의 입자가 작을수록 우리 몸에 들어갔을 때 위에서부터 흡수가 잘 돼 금세 배출이 된다. 그래서 고로쇠 수액은 하루에 한 말도 먹을 수가 있는 것이다. 미네랄은 우리 몸에 흡수되기 좋은 구조이고, 또한 고로쇠 수액에는 칼슘이 다량 함유되어 있다. 칼슘은 뼈에 좋은 영양소이고 여기에 기적의 물질이라고 하는 게르마늄도 다량 함유되어 있어 인체의 신진대사 활성화나 여러 가지 좋은 영양을 몸에 빨리 흡수할 수 있는 좋은 물이라고 보면 된다.

고로쇠 수액은 단풍나무류에서도 나오고 자작나무에서도 나오

고 박달나무에서도 나온다. 자작나무 중에는 '백자작'에서 가장 많이 나오는데 백자작은 인공조림한 것이고, 황자작은 자연성장한 것인데 각각 맛이 다르다. 다래나무는 고로쇠보다 늦게 나오지만 수액이 많이 나온다. 그런데 나무마다 수액이 나오는 시기가 조금씩 달라 단풍나무류에서 가장 먼저 수액이 나오고, 그 다음에 자작나무, 그리고 끝물에 다래나무에서 수액이 나온다. 자연은 이처럼 공정한 질서를 보여주는데, 우리가 한 번에 모든 나무에서 수액이 다 나오면 못 먹을 텐데 이렇게 수액이 나오는 시기가 다 달라 다양하게 고로쇠 수액을 마실 수 있게 해줬다.

고로쇠 수액을 졸이면 메이플 시럽이 된다. 조금 더 수분을 증발시키면 잼이 된다. 그런데 고로쇠 수액의 단점은 유통기한이 짧다는 것이다. 고로쇠는 원래 생물이니 금방 짧은 시간 안에 먹어야 한다. 보통 냉장에서 최대 5일까지 먹을 수 있지만 자작나무는 3일이 지나면 냉장고에 넣어놔도 상하게 된다. 그래서 수액의 유통기한을 늘리는 방법으로 빙과류를 만들어봤다. 20년 전에 고로쇠 아이스크림 특허를 냈다. 고로쇠 수액을 빙과로 만들면 유통기한은 없어지고 부가가치도 한 열 배 높일 수 있을 거라고 생각했다. 하지만 판매는 전혀 못했고, 실험을 해서 성공했고 특허를 받았다는 데 만족했다. 이런 빙과류는 소비자들이 찾아줘야 하는데 일개 개인이 만들었으니 유통이나 판매가 될 리가 만무했다. 역시 이런 일은 롯데나 해태 같은 대기업이 할 일이었다.

산골살이의 진수,
산에서 자생하는 산나물 채취


　다음으로 봄이 되면 산에 지천으로 자라는 것이 산두릅이나 산채
같은 나물들이다. 장뇌삼이니 산마늘, 명이나물 같은 산채들이 산
골사람들에게는 건강도 챙기고 수익도 올릴 수 있는 소득 증대 수
입원들이다. 요즘 명이나물이나 장뇌삼이 너무 보편화돼 있어서
희소가치가 예전만 못해져 크게 의미는 없다. 요즘은 웬만한 산에
는 다 장뇌삼 밭이고 산삼 밭이고 명이나물 밭이다. 명이나물은 고
기 먹을 때 쌈 싸 먹으면 맛있는 나물로 사람들에게 널리 알려져 많
은 이들이 찾고 있는 인기 산채이다. 우리 산에도 얼마 전부터 장뇌
삼이나 명이나물을 심어서 봄이 되면 캐는 재미를 심심찮게 보곤
한다. 명이나물은 이름도 의미심장한데, 생명을 이어준다는 나물
이니 참 영묘하다는 느낌마저 든다. 예부터 산에선 봄철 먹을 게 없
을 때 눈밭에서 겨우 보였던 것이 명이나물이었다. 겨울의 끝 무렵
인 2월 말에서 3월 초에는 보리도 안 나오고 고구마도 안 나와서 겨
울 동안 음식이 다 떨어지고 식량이 떨어져 춘궁기를 맞곤 했다. 그
런 보릿고개를 넘어가는 식물이 바로 명이나물이었다. 명이나물
로 죽도 쒀 먹고 나물도 무쳐 먹고 뿌리도 캐 먹고 했다. 명이는 풀
중에 제일 먼저 나는 식물로 보리 싹도 안 날 때 산중의 눈 속에서
싹이 나오는 생명의 풀이어서, 이름도 명을 이어준다는 명이나물
이라고 하겠다.

산에서 자생하는 식물은 약성이 월등히 좋은데 그걸 집으로 가져오면 약효가 떨어진다. 예를 들어 인삼은 밭에서는 5년 이상이면 고사한다. 하지만 인삼을 산에 심으면 산양삼이 되는데 산에 심은 산양삼은 15년 이상을 자라서 약성이 좋아진다. 물론 토심이 깊은 밭에 심은 나무나 풀이 덩치도 커지고 꽃도 일찍 핀다. 인간이나 산삼이나 꿀벌이나 다 생장환경은 똑같다. 산에 가면 건강해지고 특유의 향기가 나고 맛도 좋아지는 것이다.

산에서 나오는 것 중에 산삼, 가시오가피, 두릅, 엄나무 등은 가지에 가시가 있다. 좋은 것이라서 뭇짐승들이 먹으려 드니 자기 방어를 위해 가시가 발생한 것이다. 가시가 있는 나무들은 나이가 들면 가시가 사라진다. 귀신도 무서워서 접근을 하지 못한다는 엄나무는 큰 나무가 되면 가시가 없어진다. 물론 애초부터 가시가 없는

민엄나무도 있다. 대부분의 나무는 커지면 자기 방어에 자신이 생기기 때문에 가시가 불필요하기 때문이다.

　우리가 먹는 채소는 무조건 유기농으로 먹어야 한다. 다른 곡식은 겉껍질과 속껍질에 싸여 있어서 잔류농약이 침투할 여지가 적지만 채소는 그냥 잎채소로 따서 먹기 때문에 바로 우리 몸 안으로 들어가는 것이니만큼 농약을 치지 않은 유기농 채소를 먹어야 한다. 우리가 가장 잘 먹는 고추, 상추, 파, 가지, 오이, 호박 등의 품종은 노지에 그냥 있는 것들을 먹어야 한다. 여기서 중요한 것은 따자마자 바로 먹어야 한다는 것이다. 그래야 밭에서 식탁까지 올라가는 거리가 짧아져 싱싱하고 맛있는 채소를 먹을 수 있다. 자연에서 키운 유기농 채소를 삼 개월만 먹어보면 몰라보게 몸이 달라지고 건강해져 있는 자신을 발견하게 될 것이다.

삼베옷 만드는 삼굿작업의
신나는 동네 잔치판


오래전에는 집집마다 삼베옷을 만드는 대마(大麻)를 밭에 심었
다. 잎사귀를 말려서 피우면 대마초가 되고, 잎사귀는 떼어내고 커
다란 물통에 담아서 껍질을 벗겨 물에 헹구면 하얀 섬유가 나오고
이 껍질로 삼베나 모시를 만들었다. 대마는 일년생 풀이어서 빨리
컸다. 한여름이면 대마를 잘라 삶아 껍질을 벗겼다. 개울가에 돌
과 흙으로 커다란 아궁이를 만들고 그 위에 드럼통을 설치하고 장
작불을 지펴서 물을 끓였다. 새벽부터 작업을 해서 물이 펄펄 끓으
면 대마(大麻:삼) 줄기를 넣고 충분히 삶은 다음 물에 헹구면 대마에
서 껍질이 홀랑 벗겨진다. 이 껍질이 삼베의 원료가 된다. 아주 고
된 작업이라 여러 사람이 공동작업을 했다. 커다란 드럼통에서 장
시간 물을 끓여야 했기 때문에 돌과 흙으로 만든 아궁이의 열기는
대단하고 잔열이 오래 남게 된다. 그러면 강가에 급조한 잔열이 남
은 삼베 아궁이에 고구마, 감자, 옥수수 등을 넣고 위쪽을 풀과 나
뭇가지로 덮은 다음 흙으로 덮어준다. 그리고는 한여름 고된 작업
으로 땀범벅이 된 몸을 식히러 강물에서 한 시간 정도 놀다 나오면
구수한 옥수수, 감자 익는 냄새가 난다. 예부터 '대마'를 '삼'이라 했
고 이 작업이 하도 힘들어도 마을 전체가 들썩거릴 정도로 난리판
이라 '삼굿'이라 했다. 어렸을 때는 어른들이 하는 대마작업에는 참
여를 못했지만 먹는 데는 가장 먼저 참여했다. 우리는 강가에 급조

한 삼베 삼는 아궁이에 감자, 옥수수 구워먹는 과정을 '삼굿'이라 했다. 조미료나 냄비 같은 주방 기구가 필요 없는 오래전 원초적인 음식이지만 그 자체로 꿀맛이었다. 어떤 때는 너무 배가 고파서 덜 익은 상태에서 꺼내 먹어도 맛이 좋았다. 이 삼굿이 충분히 익으려면 2시간은 걸리는 슬로푸드였다. 그 후에는 대마를 삼는 힘든 과정은 생략하고, 맛있고 재미있는 과정인 삼굿만 했다.

## 산촌마을의 농한기 소득을 도모했던
## 참나무 장작 만들기

산촌은 대부분 고랭지 고추, 오이 농사를 많이 짓는데 추석이 지나면 농사일이 끝나고 5개월간 농한기가 시작된다. 농번기에는 바빠서 돈을 쓸 일이 없지만 긴 농한기에는 수입 없이 비용만 지출된다. 2013년 퇴임 후에 동네분들과 마을기업을 설립했다. 우리나라 농민들은 대부분 소농이라 농업 소득을 올리기에는 어려움이 많다. 우리나라 농가 평균 연매출이 천만 원 미만이라는 것은 다 아는 사실이다. 나의 목표는 농한기에 농가당 한 달에 2백만 원 정도 해서 한겨울 7,8백만 원 정도의 농외소득을 만들어 드리고자 했다. 산촌주민들은 힘이 좋고, 부지런하고, 손재주가 좋다. 겨울 동안 참나무 장작을 만들어서 팔았다. 이 당시에는 국제 원유값이 40불 정도까지 내려가서 대부분이 장작보다는 석유로 난방을 했기 때문에 장작은 성공하지를 못했다.

대신에 캠핑용 장작을 만들어 팔았다. 통나무는 잘게 자를수록 부피가 늘어나서 가늘게 만들면 원목에 비해 세 배 정도 부피가 늘어난다. 난방용 장작은 굵게 패지만 캠핑용 장작은 짧고 잘게 만들기 때문에 엄청나게 부가가치가 올라간다. 나무는 타고 나면 재가 생긴다. 순수한 나무는 재가 거의 없고, 대부분 나무껍질에서 재가 많이 생긴다. 곤충의 알이나 이물질도 껍질 속에 있다. 그래서 껍질이 없는 원통형 장작을 만들었다. 통나무를 30cm 정도 잘라서 원통형 강철 날에 유압도끼로 내려 누르면 원통형 순수 참나무 장작이 만들어졌다. 나는 좀 더 실험을 해서 원통형 참나무 장작에 여러 개의 구멍을 뚫어서 나무연탄을 만들어 보았다. 모양은 연탄인데 순수 참나무로 만들어서 불이 잘 붙고, 화력도 좋고, 연소 과정에서 발생하는 일산화탄소 배출도 없고, 연탄재도 발생되지 않는 친환경 연탄이다. 사실 우리가 사용하는 연탄은 정부 보조금 때문에 저렴하지 이 지원만 없다면 연탄값이 몇 배 비쌀 것이다. 나무연탄도 연탄처럼 정부 지원이 있으면 경제성이 있을 것이다. 석유나 연탄은 언젠가는 고갈되는 유한재(有限材)이지만 나무는 지구가 존재하는 한 끝없이 생산되는 무한재(無限材)이다.

## 나무 건축자재 만들기

트리하우스 근처에 트리하우스 못지않게 중요하게 생각하는 내 분신과도 같은 목공소가 있다. 이곳은 내 개인 제재소이기도 하고 목재 창고이기도 하면서 나무 공예 작업실이기도 하다. 이곳에서 트리하우스에 쓸 목재며 보, 기둥에 들어가는 나무, 나무텐트에 쓸 목재, 신한옥에 쓸 원형나무 등이 다 제각각의 용도에 맞게 켜고 잘리고 파내는 일들이 일어나는 것이다. 산에서 나무를 베서도 저장

해 놓는 곳이 이곳이고 직접 나무를 켜서 쓰는 작업도 다 목재작업소에서 이루어진다.

홍천 산에서 나는 나무의 제재, 운반, 작업은
다 목재작업소에서

목재작업소에는 작업에 필요한 다양한 장비들이 갖추어져 있다. 개인창고라고 하기엔 너무 고가의 장비들도 있고 적재해 놓은 나무들도 늘 산만큼 쌓여 있어 모르는 사람이 보면 큰 목재공장 같은 느낌을 가지게 된다. 우선 큰 장비를 들자면 500kg 무게의 나무를 혼자 옮길 수 있는 호이스트라는 기중기가 있다. 호이스트 장비를 제재소에 설치한 건데 호이스트에 나무를 걸기만 하면 혼자 힘으로 얼마든지 들어 옮길 수 있는 것이다. 호이스트 길이가 장장 50미터라서 호이스트로 나무를 걸면 50미터를 왔다 갔다 운반할 수 있는 목재 운반용 최적 장비이다. 호이스트로 나무를 운반하면 혼자서도 500킬로 이상이 되는 거대한 통나무도 어렵지 않게 50미터까지 운반할 수가 있다.

이 목공소는 설계, 감리, 디자인, 시공 모두 내가 직접 했다.

홍천 산에는 태백산 신단수로 나오는 박달나무, 황자작, 참나무, 백자작, 가래나무, 산벚나무, 층층나무, 피나무가 자란다. 나무를 고를 때 제일 먼저 보는 게 수피, 즉 나무껍질을 본다. 나무껍질로 상품가치가 높은 나무는 피나무이다. 옛날엔 이 피나무는 밧줄도 만들고 주머니도 만들었다. 피나무는 무르면서도 목질이 부드러워 길고 질긴 밧줄이나 주머니를 만들기에 참 좋은 나무였다. 피나무로 만든 바둑판은 최고로 친다. 피나무는 아카시나무보다 두세 배 정도의 꿀이 나오는 밀원수이기도 해서 여러 가지 쓸모가 많은 나무이다. 꿀이 많이 나오는 만큼 벌통을 만들면 꿀벌들이 좋아한다. 피나무로 원형벌통을 만들기가 쉽다. 피나무 벌통은 가벼우면서 단열이 좋아서 큰 바위 밑에 벌통(설통)을 설치하면 벌이 잘 들어온다. 그래서 설통은 피나무나 오동나무로 만든 것을 최고로 친다.

벌채-운반-저장-1차 가공으로 이어지는
나무 가공 과정

나무를 베어서 목재소에 갖고 오면 가장 먼저 해야 할 일은 저장을 하는 것이다. 아름드리나무를 목재소로 운반해 와서 건조를 안 하면 나무가 뒤틀리고 목재로서 이용가치도 떨어지게 된다. 나무는 수분이 대부분이다. 나무에 물이 잘 안 빠지고, 목재 수분 함수율이 18% 이하로 떨어지면 그때부터 나무는 변형이 온다. 우리가 마른 논에 물 댔다가 물 빠지면 논이 깨지듯이 나무도 깨지기 시작하는 것이다. 나무의 물을 제대로 안 빼주면 나무가 뒤틀리고 변형이 오게 된다.

산에서 베어온 나무를 1차 가공해서 저장을 할 때는 어차피 나무는 시간이 많이 걸린다. 나무의 특성은 나무 세포 자체가 물을 천천히 먹고 천천히 내보낸다. 흙은 물을 빨리 먹고 빨리 내보내고 시멘트는 물을 안 먹고 거의 안 내보낸다. 따라서 나무와 흙은 습도 조절 능력이 서로 다르다. 사람이 살아가는데 온습도가 여자는 23도 남자는 22도 정도가 적당하고 습도는 60% 정도가 가장 좋다. 이런 주거 환경은 곤충이나 짐승들도 비슷하다. 너무 과해도 안 되고 너무 건조해도 나쁜데 항상 균형을 잡기가 참 힘들다.

그런데 나무와 흙이 습도 조절 능력이 뛰어나다. 흙이 습기를 빠르게 먹고 빠르게 내보낸다면 나무는 천천히 먹고 천천히 내보낸다. 그래서 이러한 흙과 나무의 조화를 잘 활용해 집을 지으면 우리 몸에 건강한 집을 지을 수 있는 것이다. 이처럼 사람에게 가장 건강한 집으로 최적화된 집이 바로 통나무 흙집인 것이다. 우리 자연 건축재인 흙과 나무는 무한재이다. 내 땅에서 생산되는, 무한 공급되는 나무인 것이다. 그렇게 주변에서 구하기 쉬운 재료가 나무와 흙이어서 그것으로 집을 짓는 연구를 하게 되었다. 가급적 철과 시멘트는 안 쓰는 방법으로 집을 짓기 위해서였다.

통나무 흙집에 들어갈 건축자재나 나무도마,
나무받침은 다 개인작업실에서

우리 나무를 활용해 집도 짓고 간단한 생활도구도 만들고 트리하우스에 들어갈 나무텐트며 페치카를 만들고 캠핑장에서 사용할 장작도 만들어 놓는 일들이 나무독립군이 가장 신경을 써서 해야 할 일들이다. 그 중에서 가장 쓰임이 많이 되는 목재는 건축 자재용 목재를 만드는 일이다. 산에서 나무를 베어 와서 나무를 건조하고 전지하고 목재로 쓸 수 있는 나무로 만드는 과정 하나하나가 녹록치 않은 일이다. 그래도 이 일들이 있기에 전문임업인으로서 나름의 긍지를 가지고 일한다.

목재창고 한켠에는 작은 공간을 마련해 작업실로 쓰고 있다. 작업실에서 나무를 깎고 다듬어서 만들어내는 다양한 생활소품들도 숲살이의 즐거운 취미생활 가운데 하나이다.

내가 작업하기 좋아하는 재료도 역시 나무이다. 플라스틱은 찬 재질이지만 목재는 따뜻하고 다양한 느낌을 살릴 수 있는 재료이기 때문이다. 겨울용 강아지집, 나무도마, 플레이트, 컵 받침… 이런 저런 목재를 만들다가 남은 자투리 나무로 이렇게 앙증맞고 다

양한 생활소품들을 만들 수 있다. 나무는 무한변신이 가능하다. 작업실에는 겨울철 용돈벌이를 하는데 쏠쏠한 재미가 있다.

작업실에서 가장 많이 만드는 건 나무도마이다. 하루에 열 개 정도를 만든다. 도마에 그리는 밑그림은 트리하우스 주변의 자연소재를 그때그때 마음가는대로 정한다. 오늘의 콘셉트는 물고기이다. 꿀벌이 그리고 싶을 때 꿀벌을 그린다. 돼지고기가 먹고 싶으면 돼지 모양의 도마를 만든다. 이 나무도마에 썰어서 먹으면 자연미가 살아서 무척 특별한 고기 맛이 난다. 도마가 완성되면 표면에 포도씨유 등 식물성 오일을 발라준다. 그러면 나무결이 잘 살아나고 색깔도 윤기 있게 배어난다. 도마 위에 김칫국물 같은 게 묻어도 잘 지워지기도 한다. 다른 사람은 한겨울에 놀지만 나는 일 년 내내 일한다. 찬바람 쌩쌩 불고 눈보라 치는 한겨울에 무쇠난로가 잘 지펴져 훈훈한 작업실에 앉아 나무를 깎는 재미도 나만의 즐거운 취미생활이다.

도마 플레이트를 만드는 나무를 만들 땐 일반적으로 자르는 것보다 세워 35도 각도로 나무를 비켜킨다. 그러면 똑같은 나무도 나무의 폭이 넓어져 길게 평평한 타원형 나무 재료가 되는 것이다. 양파나 떡국용 떡을 썰 때 직각으로 뚝뚝 썰지 않고 옆으로 비스듬하게 썰면 더 길어지고 모양이 예뻐지듯이 나무도 크로스 커팅을 하면 길쭉하고 넓은 평면의 재료로 나오는 것이다. 나무를 수평으로 켜면 긴 판자가 생기고, 나무를 자르면 원형의 단면이 발생되지만 나무를 35도 정도 비스듬하게 켜면 긴 타원형의 판재가 만들어진다.

타원형 형태로 가공된 판재에 물고기 형태의 이미지를 그려 가공하면 물고기 도마나 플레이트가 만들어진다. 동그란 형태나 4각형의 판재로 물고기 형상의 도마를 만들면 나무의 해실이 많지만 35도 각도로 크로스 컷팅을 하면 자연감도 있고 버려지는 부분이 적어서 효율적이다.

이런 형태의 가공은 자연감도 있고 적은 나무로 더 크게 보이게 하는 효과가 있는 것이다. 동일한 굵기의 나무라도 단면이 더 커지니까. 나무를 심어놓고 쓸모가 없으면 안 되잖은가. 어딘가에는 쓸모가 있는데 지금 안 쓰고 있는 것들을 만들어보는 것이다. 도마, 컵받침, 나무쟁반 등등. 나무도 어떻게 활용하느냐에 따라 자투리 조각 하나도 버릴 것이 없다. 나무를 단순하게 자르는 것보다는 사선으로 자르는 게 어렵고 사선보다 좀 더 각도를 높여 자르는 크로스 커팅이 더 어렵다. 난이도가 가장 높은 작업은 나무의 속을 파내는 것이다.

모든 나무는 다 좋은 나무이다. 나무 모두가 유용하고 다 제각각의 쓸모가 있다.

홍천에서 자라는 나무의 특성을 잘 살린
목재 활용법

내 산에는 나무가 많은데 어떻게 하면 이 나무들을 잘 쓸지가 늘 고민이다. 우리나라 나무는 품질은 좋은데 가공성이 떨어진다는 것이 문제다.

북쪽에 있는 나무는 원형이고 쭉쭉 바로 크는 직재이다. 남쪽의 나무가 타원형이라면 북쪽의 나무는 동그랗다. 남쪽 나무가 우산처럼 가지가 많다면 북쪽 나무는 전봇대처럼 꼿꼿하고 크다. 남쪽 나무는 빨리 자라 속이 무르다면 북쪽 나무는 더디게 자라 속이 단단하다. 홍천은 딱 중간 지대에 위치해 나무의 성질도 딱 중간 형태이다. 그래서 남쪽 나무의 장단점과 북쪽 나무의 장단점을 다 가지고 있다고 할 수 있다. 북쪽 나무처럼 꼿꼿하게 뻗어 있으면서도 잔가지도 있고, 나무 속은 적당히 단단하다.

무엇보다 홍천지역에서 자라는 나무의 특성과 재질을 자연에 잘 조화되는 목재를 만들고 이 목재를 더 많이 활용하고 싶었다. 철이나 시멘트로 만드는 집은 수명이 다 했을 때 자연에 폐기물로 남는다. 하지만 흙과 나무로 만든 집은 수명이 다해도 자연으로 돌아간다. 자연적으로 집을 지으면 리사이클링을 실현할 수 있는 것이다.

모든 생물은 자기 집을 짓는다. 거미도 집을 짓고 달팽이는 자기 집을 이고 다닌다. 집이라는 건 동물들의 최후의 은신처이다. 그래서 사람도 본능적으로 자기 집을 짓고 싶은 것이다. 모든 남자는 자기 집을 짓는 걸 좋아하고 또 잘 짓는다.

사람들이 누구나 쉽고 간편하게 집을 지을 수 있는 방법이 무엇일지를 고민해서 나온 결과가 목재를 표준화시키는 것이었다. 먼저 건축 재료를 어떤 데 어떻게 쓸지에 대한 프레임을 만들었다. 기둥 보 방식의 건축에선 목재를 다양하게 모듈화하고 표준화시켰다. 이렇게 하면 목재도 많이 쓸 수 있게 된다. 귀틀 형태의 귀틀 로그 하우스도 목재 쓰임을 다 표준화했다. 나무를 잘라서 블록식으로 만들어서 흙과 쌓는 방 짓는 방식도 표준화해 다 특허등록을 받았다.

내가 추구하는 집짓기는 자연 건축재를 활용해 내 손으로 집을 짓는 것이다. 누구나 다 어렵지 않게 일반인들도 조금만 배우면 집을 지을 수 있도록 건축방식을 표준화하고 모듈화하는 매뉴얼을 만들어 보기 위해 오늘도 목재작업실은 밤이고 낮이고 쉴 틈이 없다.

## 원목을 그대로 살린 원형벌통을 만들자

'나무독립군'으로 우리 나무를 가치 있게 활용할 수 있는 수십 가지 방법을 연구하고 실험하면서 하루도 숲과 나무를 벗어난 생활을 한 적이 없었다. 하루는 치목장에서, 또 하루는 목재소에서, 어떨 땐 한옥학교에서 전통 한옥을 만들기도 하고 나무 보며 나무벽체를 만들면서 우리 나무의 쓰임과 가치에 대한 무한한 가능성을 확인했던 나날들이었다.

자연과 최대한 비슷한 원통형 통나무 벌통을
만드는 과정

그러다 요즘 부쩍 재미를 붙인 게 통나무 원형 벌통을 만드는 일이다. 우리 산에는 봄여름가을 하루도 빼지 않고 날아들고 날아가는 게 벌들이다. 꽃과 나무가 있는 곳이면 어김없이 벌들은 날아와 꽃가루를 빨아 자기들 둥지로 실어 나르곤 한다. 언제부턴가 산마다 널려 있는 벌집에 시선이 가기 시작했다.

나무 집에 대한 새로운 관심의 연장선상으로 벌들이 좋아하는 벌집을 만들어야겠다는 생각을 했다. 야생벌들은 속 빈 나무속에서

둥글게 봉군을 형성하면서 집을 짓고 산다.

꿀벌은 속이 빈 나무속에 집 짓고 생활하는 걸 좋아한다. 그래서 자연과 최대한 비슷한 형태의 벌통을 만들어보니 원통형 통나무 벌통을 만들었다. 통나무 벌통 만들기의 최대 난제는 나무 속을 파내는 것이다. 통나무의 속을 파내는 게 여간 어려운 일이 아니다. 보통 벌통들은 대부분 사각으로 돼 있는데 사각형 벌통엔 사각지대가 생겨서 여왕벌이 통치가 잘 안 되는 단점이 있다. 그래서 자연 상태 그대로의 원형 벌통을 만들어주면 벌들이 자연 속 집인 줄 알고 좋아한다. 보통은 자연 상태에서 속이 빈 나무를 사용하는데 형태가 제각각이라서 한번 사용하고 다른 곳에 사용하면 혼용이 불편하다.

나무는 외피부분의 생장부가 두꺼워져서 가을에 목질화 되면서 단단해지는 과정에서 내부도 성장을 하기 때문에 벌채 후 건조 함수율 18% 이하가 되면서 외부에 클랙이 발생된다.

우리나라에는 30cm 정도 되는 통나무가 많다. 이런 크기의 통나무를 45cm 정도 길이로 자른다. 요즘 많이 사용되고 있는 엔진톱이나 전기톱의 톱날 길이가 그 정도이기 때문이다. 직경 30cm의 나무를 길이 45cm 정도로 자른 통나무를 엔진톱으로 'ㅁ'자 형태로 안쪽을 파낸다. 그 다음에 엔진톱으로 간격을 넓히고 긴 끌로 안쪽을 다듬으면 원통형 벌통이 된다. 처음에는 만들기 좋게 18cm로 잘랐고, 25cm, 30cm, 60cm 등 다양하게 만들어 보았는데, 너무 짧게 만들면 벌통이 갈라졌다. 너무 길게 만들면 만들기가 어렵기도 하지만 군세가 약한 꿀벌에게는 큰집은 적당하지 않았고, 가을에 꿀을 채밀할 때도 적당한 꿀 양 측정이 어려웠다.

안쪽 내경은 18cm, 20cm, 23cm로 만들었다. 한 그루의 나무는 아래 원구 쪽은 굵고, 위쪽으로 올라갈수록 가늘어지기 때문에 내경이 3가지 형태로 만들었다. 그리고 약군에게는 내경 18cm, 강군에게는 내경 23cm를 사용하면 적당하다. 통나무 벌통의 두께가 두껍게 만들면 좋겠지만 그러면 큰 대경재를 사용해야 해서 원가 비용이 높아지고 무거워지는 단점이 있다. 통나무 벌통의 두께는 대략 2~3cm가 적당한데 오동나무나 피나무와 같이 부드러운 나무는 보다 두껍게, 낙엽송과 같이 단단한 나무는 얇게 하는 것이 좋다. 나무는 3cm 정도 굵어질 때마다 가격은 배 이상 높아진다. 직경 27cm와 직경 30cm의 가격은 배 정도 가격이 높아진다.

토종벌통과
양봉벌통의 차이

나무라는 것은 안에서부터 커 나오기 때문에 외부에는 100% 깨지게 돼 있다.

나무는 항상 중심축에서 가장 가까운 부분이 깨지게 되어 있다. 벌통상태에서는 안 깨지지만 꿀벌들이 생활하면서 벌통 내부에는 습도가 대단히 높아져서 물이 흐를 정도이다. 외부는 건조하고 벌통 내부 꿀벌이 가득 차고 습도가 높아지면 벌통은 딱 벌어지는 것이다. 이러면 난감하다. 그래서 깨지지 않는 다단형 토종형 원형벌통을 연구 개발하게 된 것이다.

벌들이 동그란 벌집을 좋아하는 것은 자신들이 자연 생활을 할 때의 환경과 흡사하기 때문이다. 벌들은 윗부분에서 주로 생활을 시작한다. 그러다가 위의 공간이 확장이 되고 안쪽이 차면 벌들이 점점 밑으로 내려간다. 그러면 처음엔 이 위쪽에 육각형의 집을 만들고 여왕벌이 알을 낳는다. 알에서 3일이 지나면 애벌레가 되고, 화분과 로얄젤리를 먹으면서 5.5일이 지나면 번데기가 된다. 번데기 상태로 7.5일을 자고나면 일벌이 된다. 꿀벌이 자기가 있던 방을 나가기 전에 사용하던 방안 청소를 한다. 애기벌이 나간 빈방에는 꿀을 채우게 되는 것이다. 그렇게 꿀벌집은 위에서 아래 방향으로 증설이 되면서 반복적으로 꿀을 채우면서 내려가게 된다.

꿀벌집이 위에서부터 아래로 계속 집을 만들기 때문에 원통형 통나무 벌통은 꿀벌들이 알아서 일을 하기 때문에 손 댈 필요가 없다. 그냥 둬도 1년이고 2년이고 계속 꿀을 채우며 아래쪽으로 내려온다.

하지만 양봉은 보통 사각형 통에다가 벌을 나눠서 키워서 사각형 집은 계속 손을 봐줘야 된다. 관리 보수를 계속 해줘야 하는 것이다. 처음에 소비 2개 다음에 3개, 이런 식으로 계속 넣어줘야 된다. 청소도 자주 해줘야 한다.

동서양의 꿀벌 모두 항상 위에서 아래 방향으로 동일한 방식으로 집을 짓는다.

양봉은 위에서 아래로 내려가는 방식은 동일하지만 위와 아래 공간이 짧다. 그래서 옆으로 소비를 넣어주어야 한다. 토종벌은 원통형이나 사각 통을 사용하기 때문에 위에서 아래 방향으로 벌집을 만들고, 양봉은 인공소비를 옆으로 인공적으로 증소를 해 주어야 한다.

꿀벌들은 빈 공간이 있는 것을 싫어하고 꽉 차있는 것을 좋아한다. 조그만 공간만 있어도 다 막아줘야 한다. 양봉벌집은 공간이 있으면 안 된다. 그래서 공간을 막을 땐 격리판으로 막는다. 양봉벌통은 상당히 손이 많이 가는데 일주일에 한번은 꼭 봐줘야 한다. 손질이 많이 가고 봐줘야 될 게 많다.

반면 원형벌집을 사용하는 토종벌은 벌들이 알아서 자동으로 공간을 맞추면서 내려오게 돼 있다. 토종벌들은 공간이 있는 걸 싫어해서 항상 자기네가 꽉 차 있는 상태로 돼 있어야 한다.

토종꿀벌은 양봉꿀벌보다 맛이 월등히 좋다. 토종벌은 자신이 자생적으로 꿀을 만들어서 꿀맛이 정말 꿀맛이다.

토종벌은 벌집이 애초부터 크면 싫어하는 습성을 지녔다.

처음에는 나무속에서 원형 형태로 있다가 벌이 차면 채워주고 또 채워주는 식으로 나무속에서 자생적으로 활동할 수 있도록 집만

넣어주면 되는 것이다. 다단형 토종벌 원형벌집도 세계 최초로 내가 만든 것으로 특허를 받았다.


## 꿀벌의 자연 습성

꿀벌의 활동에서 가장 중요한 시기가 월동나기이다. 꿀벌은 늦가을부터 초봄까지 거의 5개월을 먹지도 않고 버텨야 한다. 그래서 월동을 하는 시기가 되면 자기들이 사는 공간을 35도를 유지하기 위해 스스로 열을 발산해야 한다. 열을 많이 발산하게 되면 에너지 소모가 많아지면서 노화하게 되는 것이다. 벌들은 가을이 되면 월동할 공간을 마련하고 겨우내 먹이를 파 먹으면서 올라간다. 월동하는 동안 나이 많은 꿀벌은 죽게 되면서 숫자가 급격하게 줄어든다. 점차로 작은 공간이 되면서 윗부분으로 올라와서 뭉치는 것이다.

벌들은 밤이나 추운 겨울에는 뭉쳐서 산다. 그런데 보통의 토종벌집은 사각 형태 벌집으로 추운 밤이나 한겨울에 뭉치면 공간이 생긴다. 꿀벌은 이런 빈 공간을 제일 싫어한다.

그런데 원형 벌통일 경우에는 벌이 아래 있다가 뭉쳐도 공간이 잘 생기지 않는다. 벌들이 조밀하게 딱 뭉쳐서 아래로 쭉 이어져 있다. 마치 주사기처럼 공간을 좁혀 위로 올라갈 뿐이다.

꿀벌이 뭉쳐 있으면 자기들끼리 허들링(hurdling)을 한다. 바깥이

영하 10도의 추운 날이라도 안의 온도는 항상 30도를 유지한다. 따뜻한 벌집 중앙상단에 여왕벌이 있고 안에서 뜨뜻하게 온기를 냈던 벌들은 바깥으로 나오고 밖에 있던 벌들이 안으로 들어가서 또 허들링을 하는 것이다. 이렇게 스스로 몸을 떨어 자기들끼리 뭉쳐서 허들링을 하면서 벌집 안을 따뜻하게 온도 유지를 하면서 겨울을 죽지 않고 버티는 것이다. 통나무 속 벌들은 여름에 아래 공간에 쭉 있다가 추우면 점점 위로 올라가 활동하게 된다. 그래서 통나무 원형벌집처럼 열 손실이 가장 적고 최적화된 공간으로 쓸 수 있는 자연 상태의 벌통을 선호하는 것이다.

번데기에서 금방 나온 애기 꿀벌들은 덩치가 작고 색깔이 밝은 색이며 잔털이 뽀사시하게 나 있다. 벌들이 시간이 지나고 일을 많이 하면 색깔이 짙어지고, 덩치가 커지고, 특히 배가 커진다. 애기 벌들은 날개 힘이 적기 때문에 외부에 나갈 수는 없고 14일 정도는 벌통 내에서 머물며 여러 가지 일을 한다. 태어나자마자 자기가 사용하던 방청소를 하고, 어른 벌들이 꿀을 먹여주면 그 꿀을 먹고 로얄젤리를 만든다. 애기 벌들은 일주일 정도만 로얄젤리를 생산하면서 모든 애벌레(여왕, 일벌, 숫벌)에게 3일 동안은 순수 로얄젤리만 먹인다. 그 후 일벌의 애벌레는 화분과 꿀을 먹이고, 여왕이 될 애벌레는 지속적으로 로얄젤리만 먹인다. 경험이 3일 정도 되는 애기 꿀벌들은 알에서 갓 태어난 어린 애벌레의 먹이도 주고 돌본다. 태어난 지 2주 정도가 되면 외부로 나가 비행 연습과 집의 위치를 확인하면서 점차로 멀리 날아서 꿀과 꽃가루를 가져 온다.

꿀벌들이 일을 나갈 때는 소량의 꿀을 가지고 나가서 도시락처럼 먹기도 하고, 화분의 가루를 가지고 간 꿀에 반죽해서 커다란 화분(bee pollen)덩어리로 만들어 가지고 들어온다. 꽃을 피우고 꿀샘에서 꿀을 내 보낸다. 오후가 되면 꽃들도 시들해지면서 꿀샘이 마르기 때문에 꿀들은 꽃이 많이 피는 오전에 외근을 많이 해서 벌통 안은 허전해진다. 꿀벌들은 잠도 안 자고 열심히 일을 하기 때문에 45일 정도 살고 한겨울에는 5개월 정도 살기도 한다. 꿀벌들은 열심히 일하기 때문에 나이가 들면 날개가 부서지고 찢어져서 비행하기가 어려워진다. 그러면 출입구 등을 지키는 경비 역할을 하면서 천적으로부터 봉군을 보호하는 역할을 하게 된다. 꿀벌의 무기는 침인데 일회용이라서 한번 쏘면 내장까지 파열되어 죽게 된다. 그래서 나이든 꿀벌이 쏘는 역을 하고 애기 벌들은 쏘지 않는다.

벌통 안을 들여다보면 맨 위쪽에 여왕벌이 있고 아래쪽에서 일벌들이 한창 일을 하는 것이다.

원형 벌통에서는 여왕벌이 둥근 원형 보금자리의 맨 위에서 벌들을 한눈에 둘러볼 수 있어서 어느 벌이 농땡이를 피는지 감시의 눈초리로 다 관리할 수 있는 것이다.

꿀벌들은 나이에 따라 하는 일과 역할이 달라진다. 부지런히 일하는 꿀벌을 보면 재미있고 잡념이 사라진다. 이를 벌멍이라 한다. 벌을 돌보는 일은 크게 힘이 드는 일은 아니지만 부지런히 돌봐야 하기 때문에 여성들이나 노인들도 할 수 있다. 꿀벌은 토지나 축사

같은 시설이 필요 없어서 적은 비용으로 시작해도 된다. 벼나 옥수수 등은 한 알이 5개월 정도 돌봐야 250알정도 수확이 된다. 여왕벌은 하루에 2,000개 이상의 알을 매일 낳을 수 있다고 하니 단기간 내에 많은 증식이 가능한 가축이다. 꿀벌을 키우는 사람은 10년 정도 더 건강하다고 해서 장수에 좋다고 한다. 그도 그럴 것이 건강에 좋은 달콤한 꿀과 화분, 밀납, 로얄젤리 그리고 천연항생제인 프로폴리스를 생산해 내니 모두 건강에 좋은 식품이다. 우리가 먹는 식량 중에 60% 이상을 꿀벌이 있어야 수확이 된다고 한다.

토종벌의 연구와
원형 벌통 만들기

인류가 꿀벌을 키운 지는 대략 3천년 정도 된다고 한다. 꿀벌은 크게 서양종과 동양종이 있는데 서양벌은 200년 가까이 연구 개량이 돼 왔다고 한다. 하지만 우리 토종벌은 연구 개발이 불과 20년도 안 되었다.

아마도 홍천에서는 내가 2010년부터 나무를 소비하는 목적으로 여러 가지 부가가치를 높이는 방법을 강구해 보는 과정에서 원형 벌통을 만들어보자는 발상에서 시작한 것이 최초가 아닐까 한다. 나는 어떤 구조의 벌집이 꿀벌이 잘 크는가를 연구해 보았다.

나무속 벌통은 둥근 원형의 나무를 반으로 쪼갠 벌통도 만들어

보았다. 벌에 관심을 갖고 벌집을 만들다 보니 벌이 어떤 집을 좋아할까를 착안해서 옛날 원형의 벌통에까지 생각이 미치게 된 것이다. 벌집이 원형에 가까울수록 단열도 우수하고 보온도 우수하고 관리도 쉽다는 걸 알게 되었다. 그렇게 원형 벌통을 만들어주면 벌이 들어가서 거주하기가 좋은 조건이 되는 것이다.

우리 사람도 체온을 유지하기 위한 에너지가 가장 많이 들어가듯이 꿀벌들도 자신들의 체온을 맞추기 위해서 스스로 열을 내는 데 에너지가 가장 많이 들어간다. 꿀벌은 히팅 시스템이 없기 때문에 스스로 날개를 떨어서 근력을 높여 열을 내 체온을 높인다. 꿀벌에게는 스스로 온도를 높이는 일이 제일 힘든 것이다. 여기에 더해 집을 짓는 것도 아주 힘든 일이다. 그래서 자신들이 거주하는 벌통이 사각형이나 흩어져 있으면 벌들은 체온 손실이 많이 발생하게 된다. 꿀벌들의 최적의 보금자리를 만들어 주기 위해 인공적으로 단열을 해주고 보온을 해주고 가온을 해야 된다. 그런데 원형의 벌통은 면적 대비 난방 유지 비용이 제일 적게 든다. 꿀벌들은 자연 상태의 벌통을 좋아한다. 보통 설통이라고 해서 산의 바위 근처에 설통을 놔두면 동그란 벌통이 성적이 가장 좋아 90% 이상이 여기로 들어간다. 동일한 조건이면 꿀벌들은 자기들이 보던 것과 비슷한 데로 가는 것이다. 자기들의 생활환경과 자연적으로 자신들이 만들어놨던 것과 유사한 벌통을 보금자리로 인식하고 찾아드는 것이다.

그런데 지금은 전 세계적으로 원형 벌통을 만드는 사람이 없다.

벌통도 인간들이 편리하기 위해 네모나 여러 방으로 나눠놔 사람의 입장에서 관리를 잘할 수 있는 구조로 만들어 놓았다. 그러다보니 벌들은 인공적으로 만들어놓은 사각형 벌통을 낯설어하는 것이다. 병도 생기고 벌들이 자율적으로 관리도 할 수 없는 것이다.

그런데 꿀벌들이 자신들의 둥지와 유사한 동그란 형태의 집에서는 자기네끼리 뭉쳐 있다. 이걸 비하이브(bee hive)라고도 하고 봉군(蜂群)이라고도 한다. 벌들이 벌통 안에서 자기들끼리 뭉쳐 있으면 적들이 침입해도 끄덕없다.

내가 벌통을 만들면서 중요하게 고려했던 건 벌통을 원형벌통으로 규격화 표준화시켜서 여러 개를 동일하게 만드는 것이었다.

꿀벌이 거주하고 활동하는 원형벌통은 나무 원형을 가지고 나무의 속의 가운데를 완전히 비워서 최대한 꿀벌들이 자연 속 원형 집처럼 느낄 수 있도록 만드는 것이다. 토종꿀벌 생산은 이렇게 원형 벌통을 만드는 것부터 벌통을 관리하는 것까지 동네 분들에게 일일이 교육을 시키고 있다. 이처럼 꿀벌 집의 동그란 부분에 꿀이 차는 것이다. 꿀벌은 집을 지으면서 아래로 내려온다. 그래서 위의 벌집이 다 차면 밑에다 증축을 해주면 된다. 그렇게 계속 벌집을 밑으로 증축을 해 주다 보면 가을쯤 돼서 윗층 공간에 꿀이 가득 저장되는 것이다. 그러면 윗부분은 잘라서 사람이 먹고 아래 공간에서 벌이 계속 생활하는 것이다.

기존의 한 개짜리 벌통은 벌을 죽이고 꿀을 따야 하는 불편한 벌통이었다. 그런데 원형벌통은 벌들이 살았던 집에 공간이 다 차면 자연스럽게 아래 공간으로 내려와 활동하게 되는 구조로 만든 벌통이다. 토종벌들은 새로운 집을 선호한다. 벌들이 활동이 끝난 벌집에선 저장해 둔 꿀을 수확하면 되고 벌들은 아래 공간으로 내려가 계속 활동을 하는 것이다. 그래서 벌도 살고 사람도 먹고 사는 공생 공존의 생태계를 만드는 것이다. 1단이던 집에 2단으로 집을 얹어주면 벌들은 2단에서만 활동하고 다시 3단을 지어주면 3단에서만 활동하는 식이다. 이렇게 해서 4단으로 원형벌집을 지어주면 가을이 되면 위의 벌집꿀을 위쪽 반은 내가 먹고 아래쪽 반은 꿀벌이 먹는 것이다. 월동을 위해서는 2칸 정도, 즉 두되(4L)의 꿀은 반드시 남겨둬야 한다. 다단형 원형벌통도 내가 세계 최초로 만들어서 특허까지 냈다.

벌집에서 나오는 부산물
- 비왁스, 밀납


통나무 원형벌통의 육각형 벌집은 구조가 상당히 안정적이다. 이걸 녹이면 밀납(bee wax)이 생기는 것이다. 비왁스는 천연물질이라 방수도 되고 밀납 양초를 만드는 재료가 되는 것이다.

예전에는 등잔불에 쓰는 기름 액체가 이동이나 보관이 불편했는데 양초는 고체 상태라 아주 효율성이 좋고 이동성이 좋았다. 오래전에는 비왁스로 만든 양초 캔들은 아주 고가의 제품이어서 임금님만 사용했다고 하고 같은 무게의 금하고 동일하게 거래 되었다고 한다. 밀납 양초를 태우면 은은하고 기분 좋은 향이 난다.

비왁스는 식용으로도 먹을 수가 있다. 명절 때 떡을 만들면 떡이 달라붙지 말라고 비왁스를 들기름하고 같이 녹여서 떡에 바르면 코팅이 되어서 떡이 서로 들러붙지 않는다. 또한 표면이 코팅이 돼서 천연 래핑한 효과가 나 부패가 안 돼 장기간 보관할 수가 있다. 떡 맛도 훨씬 좋아진다. 떡은 만들고 한 5일 정도 지나면 쉬는데 여기에 밀납 왁스를 발라주면 보름이 지나도 떡이 쉬지 않는다. 오래전 밀납을 바른 떡을 밀개떡이라 했고, 밀개떡을 꿀에 발라먹으면 밀개꿀떡이라 했다. 가끔 산 속 바위 틈에 숨겨놓은 벌통을 돌아본다. 때로는 위험천만해 보이는 바위산까지 사다리를 놓고 올라간다. 그곳엔 내가 만든 벌통이 놓여있다. 늦봄에 벌들이 이곳으로 들어오는 것이다. 수확의 시간이 오면 산 곳곳에 놓아두었던 벌통을 갖다놓고 벌꿀을 딴다. 벌통 안에다 벌이 좋아하는 왁스, 화분, 꿀을 좀 발라주면 벌이 여기를 잘 찾아들어온다.


최근 5년간 통나무 벌통 만들기에 집중을 해서 특허청에 상표 등록과 특허 등록을 마쳤다. 과거에는 한옥 만들기, 참나무장작, 표고목, 도마, 플레이트, 컵받침 등 다양한 목제품을 생산했지만 앞으로는 통나무 벌통만 집중 생산하려고 한다. 봄 여름 가을에는 친구들과 야영장을 운영하고, 겨울에는 동네분들과 농한기 사업으로 통나무 벌통을 만들어 보려고 한다.

요즘 땀을 뻘뻘 흘리며 나무의 속을 파내도 내 속이 시원한 건 원형벌통이 제법 쏠쏠한 돈벌이가 되기 때문이다.

## 깊은 산속 숲살이 동물친구들

언젠가 숲에 갈 일이 있으면 아름드리나무를 두 팔로 꼭 껴안고, 물이 오른 나뭇가지 잎맥을 따라 마음의 귀를 열어보자. 찌든 일상에 닫혔던 답답한 가슴을 열어 몸이 초록으로 물들도록 가만히 내버려 두자. 그렇게 한참을 나무를 보며 숲의 정령을 느끼는 순간, 당신의 닫혔던 감성이 숲으로 마음을 내미는 싱그런 경험을 하게 될 것이다.

홍천 깊은 숲에는 골짜기마다 초록빛 생명의 몸짓이 신선하게 아로새겨져 있다. 숲길은 바위가 있을 때 길 맛이 난다. 무게를 알 수 없는 바위를 돌아가는 동안 새소리 은은하고, 꽃이 피는 숨소리 들린다. 숲을 걸으며 바위가 전하는 소리를 들어보자. 바위의 말들이 나뭇결에 일렁이면 어김없이 다람쥐가 노닌다. 나비에게 달콤한 꿀의 여운과 농밀한 수액의 입맛을 선보이는 꽃들도 이리저리 나부낀다. 아지랑이 들녘이나 산에 들면 보여주는 새싹의 앳된 웃음이 모두 이런 인연의 조화라, 일 년을 사귀는 친구도 있고, 여러 해를 사귀는 친구도 있으리라. 숲에선 모두가 주변과 듬뿍 나눈다. 인간의 온도 차이는 자연의 친화력을 이해하지 못하는 인식의 깊이일 뿐이다.

홀로 숲을 지키는 외로움을 함께하는
동물 친구들

숲에서 산다는 것은 가끔 숲에 와서 산림욕을 하고 자연을 즐기
는 감상자의 입장과는 전혀 다른 차원의 생활인의 자세를 가져야

한다는 의미이다. 무엇보다 숲에서 나무를 가꾸고 트리하우스에 들어갈 목재며 나무텐트 같은 시설을 만들며 온종일 숲을 벗어날 수 없는 숲관리자를 가장 힘들게 하는 건 홀로 숲에 있다는 외로움과 어디서 어떤 상황이 벌어질지 모른다는 숲의 불안전한 상황에 대한 두려움이다. 대부분의 시간을 홀로 일하고 공부하며 숲에서 지내다보면 가끔 마주치는 등산객이 반갑기도 하면서 모르는 사람에 대한 낯선 경계심도 자연스럽게 일어나곤 한다. 요즘은 부쩍 출몰이 잦은 멧돼지나 날짐승의 예기치 않은 출현도 선뜻 마음을 놓을 수 없는 숲속 상황이기도 하다.

이처럼 숲에 혼자 있으면 무서울 때가 종종 있다. 홀로 있을 때의 원초적 고립감과 낯선 두려움을 없애기 위해서 오래전부터 순둥이 개와 발발이 작은 강아지, 야산을 헤집고 다니는 닭 몇 마리와 함께 숲살이 친구로 어울려 생활하고 있다.

발발이 작은 강아지만 있어도 안정이 되는 것은 개들은 청각이 뛰어나기 때문에 나보다 먼저 낯선 이의 출현을 감지하고 신호를 보내주기 때문이다. 개들의 우렁찬 신호로 인해 나는 하우스 주변으로 오는 생명체를 빨리 감지할 수 있다. 동네 분인지, 친구가 오는지 택배가 오는지를 소리만 들어도 알 수 있다. 이런 소리를 구분할 수 있으면 친구가 되는 것이다.

사실 깊은 산속에서 혼자 있는데 한밤중에 누가 쓱 나타나 문으로 들어와 마주치면 기절하게 돼 있다. 한밤중의 이런 상황은 마치 예전 모코메디 프로의 〈귀곡산장〉 분위기가 바로 연출돼 귀신이라도 보는 소스라치는 상황이 되는 것이다. 사람이 귀신을 보면 귀신이 힘이 있어서 내가 까무러치는 게 아니고 자신이 그냥 놀라서 스스로 넘어지는 것 아닌가. 마찬가지로 숲속에 살다 보면 나 혼자 그냥 넘어지는 경우가 발생하는 것이다.

그런데 내게 와 부비며 살갑게 구는 개 몇 마리는 이런 알 수 없는 공포와 외로움을 이겨내게 하는 좋은 친구의 역할을 한다. 개들은 하우스 주위로 어떤 물체가 와도 보고 있다 짖으며 경고를 해준다. 숲에 오래 혼자 있으면 낮에도 무서운데 한밤중 깜깜할 때는 곁에 멍멍이 친구가 있어주는 게 그 자체로 안심과 위안이 된다.

멍멍이 친구들은 고마운 감시자(watching)의 역할도 모자라는지 외로운 사람 친구에게 특별한 선물을 줄 때도 있다. 그건 바로 타고난 후각 기능을 십분 발휘해 꿩같은 야생동물을 사냥할 때이다. 고적한 숲속에 어느 날 꿩 한마리가 나타나면 꿩이 은폐를 잘해서 우리는 도무지 꿩의 흔적을 모른다. 그런데 꿩은 특유의 냄새를 내기 때문에 개들은 발달된 후각으로 꿩의 냄새를 맡고 꿩을 찾아낸다. 야생동물들은 보호색과 위장술에 능해서 바로 앞에 있어도 감지가 안 된다. 사람은 절대로 맡을 수 없는 개만의 예민한 후각이 가끔 예기치 않은 꿩수확으로 이어지기도 한다. 꿩은 산에 가다가 곁에서 갑자기 푸드득 거리며 뛸 때는 사람을 놀라게 해서 정신을 빼놓고 간다. 그렇게 함으로 자신을 잡지 못하도록 하는 것이다. 그

걸 개들은 서로 서치(search)하면서 사람과 개가 합작을 해서 날아 가는 꿩도 잡고 날짐승도 잡을 수 있는 것이다. 숲에서는 똘똘한 개 몇 마리만 있으면 겁나는 게 없다. 개와 사람의 사냥 전략은 기막힌 앙상블을 이루며 산토끼도 잡고 꿩도 잡고 낯선 날짐승도 다 잡을 수 있는 것이다. 이것도 일종의 숲에서 살아가는 개와 인간의 공생 이라고 할 수 있을 것이다.

사람들이 많이 키우는 소, 돼지, 양, 말, 닭을 5대 가축이라 한다. 가축 중에 개는 12,000년 전부터 가축화(domestic action) 되어 사 람과 가장 친한 사이다. 1만년 전에 덩치가 크고 힘이 쎈 크로마뇽 인, 네안데르탈인과 현생인류 등 여러 종이 살았다고 한다. 그 중에 현생인류만이 개를 키웠다. 개들은 야밤에 기습을 하는 적을 감지 하여 사람에게 경고를 해서 미리 대응하게 하거나 도망 갈 골든타 임을 만들어 주었다. 그 당시에는 주로 사냥을 했는데 사람 혼자 사 냥하는 것보다는 토끼나 돼지사냥을 성공적으로 하게 했다. 토끼 는 순발력이 대단하지만 지구력에서는 사람이 최고이다. 동물 중 에 사람과 말만 땀을 흘린다.

치타는 2초만에 시속 70km 속도를 내고 최고 130km의 속도를 낼 수 있지만 300m 이상을 달릴 수 없다고 한다. 그 이상 달리면 체 온이 과열되는 것이다. 임팔라도 90km/h 속도를 낼 수 있지만 30 초 정도만 최고 속도를 낼 수 있다고 한다. 하지만 사람은 36km/ h의 최대 속도를 낼 수 밖에 없다. 그래도 두시간 동안 지속적으로 21km/h의 속도로 달릴 수 있는 것은 인간뿐이며 하루 종일 달릴 수 있는데 이는 땀을 흘려서 체온을 조절하기 때문이다.

청각과 후각이 예민한 개의 순발력과 장시간 달릴 수 있는 사람이 협업을 하면 재빠른 토끼나 꿩은 물론 사슴도 잡을 수 있다. 개 3마리와 사람은 천하무적 산돼지를 잡을 수 있고, 개 5마리와 사람이 힘을 합치면 호랑이나 사자도 잡을 수 있다. 또 오랜 가뭄이나 사냥 실패로 인해 먹을 거리가 없어지면 개는 훌륭한 식량이 되기도 했다. 아마도 현생인류가 지구에 성공적인 정착을 위해서는 개가 일등공신이라 생각한다. 개와 사람은 다른 종으로서 서로 같이 있을 때 사냥의 성공률이 높아져서 서로 식사량이 많아졌다. 둘이 같이 있으면 천적으로부터 보다 안전했기 때문에 말하지 않아도 행동만으로 서로를 알 수 있었고, 평상시에는 눈빛을 보면 옥시토신이 분비되어 기분이 좋아졌다. 호모사피엔스들은 도끼를 만들고 도꾸(dog)와의 협업으로 성공적으로 생존하게 된 것이다.

고단백 계란, 청량한 울음,
음식물 처리까지 소중한 닭 친구

외로운 숲을 지키는 데 나무랄 데 없는 또 하나의 친구는 바로 닭이다. 숲에서 자유롭게 노닐도록 닭을 방사해 키우는데 이 녀석이 참 기적의 동물이다. 내게는 고단백 계란을 주고 청량한 울음으로 고요한 숲속에 생명의 소리를 전하는 소중한 동물이다.

닭은 이틀에 한번 정도 알을 준다. 산에는 산채나 탄수화물 식사는 되는데 단백질이 부족하게 된다. 닭들은 나에게 신선한 프로틴을 매일 제공해 준다.

그리고 닭은 모든 음식물을 처리한다. 자신이 다 알아서 숲의 재생 프로세스를 돌린다. 숲에서 많은 음식물 쓰레기가 나와서 제대로 처리하지 못하면 숲의 환경 파괴가 오고 오염원으로 남을 것이다. 개들이 동물성 잔반을 1차 처리해 주고 닭들이 2차 음식물 잔반 처리를 완벽하게 해준다. 이렇게 매일 프로틴을 제공해 주고 음식물 잔반 처리를 깨끗이 해주는 닭이 있어 자칫 지루할 수도 있는 숲에서의 하루하루가 지루할 새가 없이 신기하고 놀라운 일상이 돼주고 있다. 산촌생활에서 개와 닭은 필수이다.

여기에 숲을 자유롭게 노닐며 꿀벌을 날라다주고 삶의 따뜻한 활력을 주는 꿀벌은 또 어떤가. 꿀벌은 나에게 달콤함을 주고 마음을 편하게 녹이는 힐링이 되어 준다. 숲에서는 사람과의 교감보다는 이렇게 나를 안심하게 해주고 즐거움도 주는 개와 닭, 꿀벌과의 교감이 나만의 신선한 자극과 위로를 준다. 나는 꿀벌을 통해 양식도 얻지만 자유롭고 활력 넘치는 삶의 에너지도 얻는다. 한마디로 나에게 꿀벌과의 공생은 꿀벌을 통한 치유과정이라고 해도 과언이 아니다. 꿀벌은 박테리아 제거와 프로폴리스로 인해서 사람한테 큰 도움을 준다.

숲에 살면 개도 친구가 되고 닭도 친구가 되고 고양이까지 있으면 서로 든든한 의지가 돼서 다정한 숲살이를 계속 할 수 있다.

# 나만의 트리하우스 만들기

### 1. 천연림과 인공림

우리나라는 37% 정도는 사람이 나무를 심은 인공림이다. 인공림은 천연림에 비해 4배 정도 수확량이 높다고 한다. 인공 조림지는 경사가 완만하고 토심이 깊은 지역에 나무를 심고, 경사가 급한 지역에서는 기계 장비 작업이 힘들 뿐만 아니라 토심이 낮아서 경제성이 떨어지기 때문에 천연림으로 두는 편이 좋다.

사람이 심은 인공림은 뿌리가 땅속 깊이 들어가지 못하는 천근성 뿌리가 되고, 천연림은 뿌리가 깊이 내리는 심근성 나무가 된다.

인공림은 수고경쟁으로 인하여 가지 형성이 약하거나 없게 되고 천연림의 나무는 곁가지가 튼실해서 자연감이 있어서 트리하우스는 인공림 보다는 자연적으로 자란 천연림 나무가 좋다.

콩나물 시루 속에서 자라는 콩나물처럼 밀식해서 자란 나무는 곁가지가 없거나 삭아 내려서 대나무처럼 자라고, 논이나 밭두렁에 독립수로 자란 나무는 키가 작으며 우산처럼 옆으로 비대성장을 한다, 이런 환경 속에서 자란 나무는 가지가 충실하고 수고가 낮게 성장해서 멋진 나무가 된다. 밀식지의 나무는 3-4개의 나무를 이용해서 트리하우스를 건축하고, 크고 오래된 독립수(獨立樹)는 한 대의 나무로도 트리하우스 건축이 가능하다.

나무는 크게 침엽수와 활엽수로 구분된다. 침엽수는 가지가 적고 기둥이 곧고 크게 자라며, 수직으로 똑바르게 성장한다. 사과나무, 참나무 등과 같이 잎이 넓은 나무를 활엽수라 한다. 소나무, 이깔나무(낙엽송), 잣나무 등과 같이 바늘 모양 잎을 가진 나무를 침엽수라 한다. 침엽수 나뭇잎은 바늘처럼 가늘기 때문에 수분증발이 적어서 가뭄에 강하고, 물이 부족한 바위 위에서도 자란다. 침엽수는 가지나 껍질이 상처가 나면 송진이 생산되어 상처부위를 '자가 치유'하는 능력이 있다. 활엽수는 가지를 자르면 상처부위에서 수액이 흘러서 사슴벌레, 말벌 등이 모여서 부패를 가속시킨다. 하지만 침엽수의 상처 난 가지는 송진이 도포를 하고 '광솔화'가 되어 더 이상 부패가 안 된다. (광솔: 관솔 소나무가 죽으면 심재부 송진이 스며들어서 송진으로 채워지고 광솔화가 된다.)

'트리하우스는 활엽수보다는 침엽수 위에 건축하는 것이 유리'하다.


침엽수의 가지는 매년 기둥을 중심으로 한 지점에서 방사형으로 생성하고, 활엽수 가지는 불규칙하게 발생한다. 나무는 남쪽 방향의 가지가 크게 자라는 경향이 있는데 이는 햇빛을 많이 받기 위함이다.

트리하우스에서 주력기둥이 되는 나무는 천연림, 침엽수, 독립수, 수령은 최소 70년 이상이 좋다.

나무는 8m 이상 키가 크게 자라는 교목(喬木: tree)과 키가 다 커도 8m 이하로 자라는 관목(灌木: bush, shrub)이 있다. 참나무, 소나무, 벚나무, 은행나무 등 수고 8m 이상의 키 큰 나무를 교목이라 한다. 세계 최대 크기의 교목은 캘리포니아에 있는 115.85m의 레드우드라고 하고 우리나라에는 용문사 은행나무가 수고 42m로 제일 크다고 한다.

교목의 최상단부 가지는 한 개가 직립하지만 관목은 지상부에서부터 빗자루처럼 여러 가닥으로 성장한다.

보통은 단풍나무와 고로쇠나무를 비슷해서 구분하지 못하는데 고로쇠는 교목이고 단풍나무는 관목이다. 소나무는 교목이지만 반송은 관목이여서 트리하우스는 교목에 만들어야 한다. 키 큰 나무는 바람이나 태풍이 불면 넘어지기도 하는데 나무 위에 무거운 건축물이 있다면 더 쉽게 넘어질 것이다. 물론 트리하우스를 건축 시에 계단이나 여러 형태로 보조기둥이 설치되지만 바람의 흔들림 방지를 위해 나무 위쪽 1/3정도를 잘라 내는 두목작업과 강하게 전지전정을 해야 한다. 나무 위쪽을 잘라주거나 가지 전정을 해주면 수고 성장이 느려지고, 나무 기둥이 비대 성장하는 효과가 있어 5년 주기로 관리를 해 주어야 한다.

더불어 불필요한 가지도 제거해주는 등 여러 상황을 고려해야 한다.

나무는 백년에서 길게는 5천년 이상 산다고 한다.

어린 식물일수록 이른 봄에 활동을 시작한다. 4년생 더덕보다는 어린 1년생 더덕이 일찍 싹이 터서 성장을 시작한다. 자연의 생존 전략이고 큰 식물의 배려이기도 하다.

좀 귀한 대접을 받는 나무는 더디게 행동을 한다. 대추나무, 밤나무는 늦게 잎이 피는데, 제사상의 제물은 왼쪽으로 부터 조(棗)율(栗)이(梨)시(柿) 순으로 해서 대추와 밤은 사람과 자연으로부터 귀한 대접을 받는 과일이라는 생각이다. 귀한 나무일수록 씨가 적다. 식물이나 동물이나 생존 확률이 높으면 씨가 적고, 반대로 생존 확률이 낮아지면 씨가 많아지는 것은 자연의 철칙이다. 부잣집 일수록 손이 귀하고, 흥부네집 식구들이 많은 것은 다 이유가 있다.

30년생 정도의 나무가 탄소흡수를 잘한다고 한다, 30년생 정도의 나무가 산소를 제일 많이 발생한다는 이야기도 된다. 송이도 2-30년생 소나무 숲에서 가장 많이 생산된다. 나무도 나이를 먹으면 낙엽, 가지 등이 서서히 노화되어 부패하기 시작한다.

나무는 수고 성장을 먼저 하고 부피 성장은 천천히 한다. 나무는 최대 115m까지 자라지만 우리나라에서는 대략 30m 정도 크기로 자란다.

소나무의 경우 70년 정도까지는 수고 성장이 빠르지만 그 이후부터는 수고 성장이 더디게 된다. 나무의 제일 높은 곳에 자란 부분을 주관이라고 하는데, 봄에 초두부 순이 나와서 자라고 가을이 되면 경화되어 목질화 되는 부분이다.

이 주관이 나이가 들면 보이지 않고 나무 상층부가 모자를 쓴 것처럼 두리뭉실해지면 수고 성장이 더뎌지는 것이다. 이를 나무가 관(모자)을 쓴다고 한다. 수고 성장이 진행 중이 어린 나무에 트리하우스를 만들면 시간이 갈수록 집의 위치가 높아질 것이다. 그래서 트리하우스는 가급적 수고 성장이 끝나가는 나무에 즉 환갑을 넘긴 나무 위에 설치하는 것이 좋다.

## 5. 목재(건축재)

건축용 목재는 소나무, 낙엽송, 잣나무와 같은 침엽수를 사용하지만 오래전에는 활엽수로 사용했는데 활엽수는 곡재이고 단단하고 가공성이 떨어지고 무겁기 때문에 건축재로는 불리하다. 침엽수는 고유의 송진향이 나지만 활엽수는 쉰냄새가 난다.

침엽수는 가지가 약하게 성장해서 키가 클수록 아래 곁가지가 자동으로 삭아서 낙지가 생기므로 건축재로서는 적당하다.

트리하우스의 목재용 자재는 판재, 각재, 루바, 합판 등이 필요한데 목재는 전세계가 공통적인 규격을 사용한다. 목재의 길이는 2.4m, 2.7m, 3.0m, 3.6m인데 주로 3.6m를 많이 사용한다. 두께는 19mm, 38mm 폭은 89mm이다.

소나무와 낙엽송은 구조재(기둥 보)로, 잣나무나 삼나무, 편백은 내장재(루바, 문)로 사용해야 한다.

합판은 침엽수 합판과 오에스비(OSB: Oriented Strand Board)가 있다. 규격은 920mm×1,820mm와 1,220mm×2,440mm 두 가지 형태가 있고 두께는 9.5mm, 12.5mm, 15.5mm, 18.5mm 가 있는데 벽체 및 바닥, 덮개 등으로 사용한다.

보통의 소규모의 트리하우스 구조재는 2바이4(폭 2인치, 넓이 4인치)라 부르는 38mm×89mm×3,600mm가 적당하다. 목재를 연결하는 것은 못보다는 목재용 피스나 강하게 볼트로 연결하여 사용해야 한다. 트리하우스는 공중에 설치되어 풍압과 흔들림이 많은 특성상 접합철물, 목공용 접착재를 사용하면 구조의 강도를 높일 수 있다.

트리하우스에서 구조재 및 판·각재의 규격과 최소의 주거공간을 고려한다면 2-3인 정도의 트리하우스는 2,400mm×2,700mm, 3-4인용이라면 2,700mm×3,600mm 정도가 적당하다고 생각된다. 천정의 적정 높이는 2,400mm전후와 미니멀 1,600mm까지도 가능하다. 초기에는 트리하우스 내에 변기와 세면대를 설치했지만 공간이 부족하기 때문에 공동주방과 공동화장실을 사용하는 것이 관리에 좋다.

껍질이 있는 상태의 통나무를 원목이라 하고, 나무는 껍질이 있는 상태에서는 많은 양의 수분이 있고, 이런 원목 상태에서는 곤충들이 피해가 발생한다. 제재를 하면 곤충의 피해가 없지만 수분 증발이 빠르게 진행되면서 제재목의 수축으로 인한 할열(깨어짐)과 휘어짐이 발생한다. 목재 함수율 18% 이하가 되면 이러한 현상이 시작되어서 대략 평균 함수율 15%가 되고, 실내 12%까지 함수율이 떨어지게 된다. 목재 건조로 인한 변형은 길이는 미세하게 수축을 하는 반면에 목재의 폭과 두께는 크게 줄어들게 되는데 생재 폭 30cm는 2cm 정도 서서히 수축이 일어난다. 함수율 15% 이하로 건조된 목재를 사용하면 좋지만 장시간 시간이 소요되고, 건조로 인한 변형과 가공성이 떨어진다. 목재 강제 건조를 하면 비용이 많이 올라가는 것도 고려해야 한다.

제재 목재는 햇빛에 의해 색이 짙게 변하는데 이를 열화라고 한다. 하얗던 목재가 시간의 흐름에 따라 짙은 갈색에서 검은색으로 변하는 것은 이 때문이다.


목재의 비중은 낙엽송류 0.5 이상, 소나무류는 0.5-0.45, 잣나무류는 0.45-0.4, 삼나무류는 0.4-0.35이다. 비중이 크면 단단해서 기둥이나 보는 비중 0.45 이상인 목재를 사용한다.

비중 0.45 이하인 잣나무나 삼나무류는 기둥이나 보와 같은 구조재로 사용은 불리하고 루바나 문짝 등 내장재로 사용해야 한다.

우리나라 고위도 해발이 높은 지역에서는 낙엽송과 잣나무가 잘 자란다. 소나무는 내륙에서 자란 나무가 단단하고, 해안 바닷가 쪽에서 자라는 해송은 비중이 낮아서 강도가 낮아진다. 해안과 내륙 중간 지점의 소나무가 비중이 적당해서 직재이면서 가공성이 좋다. 비슷한 나무도 지역에 따라 비중과 강도가 크게 달라진다. 평야지의 나무기둥은 검은색이며, 고지대에서 자란 소나무 기둥은 붉은 색을 띄기 때문에 적송이라고 하기도 한다. 식물은 기온이 18도 이상이 되어야 활동을 시작한다. 평지는 기온이 높고 고지대의 기온은 낮기 때문에 고지대의 일년 중 18도 이상의 날자는 저지대보다 적다. 하지만 기온이 25도 이상 너무 높게 되면 작물은 생육이 정지되는 하고현상(夏枯現象)이 발생된다. 결과적으로 식물은 영상 18도에서 25도 사이에서만 생육이 지속되는데 고지대에는 이 범위의 날이 많고, 고지대가 강수량이 많아서 나무가 잘 크는 것이다. 식물은 기온이 높으면 스트레스를 받고 성장이 정지되고 특히 밤 기온이 높아지는 열대야는 식물들에게도 강한 스트레스가 된다.

### 1. 관련 법규

건축물(建築物, architecture)은 땅 위에 기둥과 벽, 지붕이 있는 건물을 건축물이라 하고 주거용 목적으로 사용하는 것을 집(house)이라 한다. 트리하우스는 "건축법"에는 규정되어 있지 않고 "산림문화·휴양에 관한 법률"에 규정되어 있고, 건축법과 지방조례에는 언급이 없다. 트리하우스는 기초단체장의 인허가 사항이 아니라 광역 시·도지사 허가사항이다.

### 2. 입지 조건

트리하우스는 지목이 산이나 임의 나무가 있는 곳에서 건축이 가능하므로 건축주는 산을 가지고 있는 사람이어야 할 것이다. 지리적 입지는 바람이나 태풍 등의 영향을 많이 받는 해변이나 섬쪽보다는 산간 내륙지역이 유리할 것이다.

### 3. 집의 형태

집의 형태는 지역에 따라 달라지는데 온대지역에서는 지면에 접해서, 열대지방에서는 고상가 형태로 건축되었다.

연중 바람이 강하게 부는 몽고 사막지역에서는 원형의 집을 짓는

데 4각형태의 집은 바람과 부딪히게 되지만 원형 구조의 주거형태는 바람이 부드럽게 지나가게 된다. 바람이 많이 부는 지역에서 4각형태의 집이나 텐트를 치면 오래 가지 못한다.

적도 섬지방에서의 연평균 기온차가 7도 정도이지만 우리나라는 한여름 기온이 36도까지 올라가기도 하고, 한겨울에는 영하 20도까지 내려가서 열대지방보다 열배 가까이 기온차가 난다. 해안가는 동일한 위도상의 내륙지역보다 연평균 기온차이가 적다.

동일한 위치의 산이라도 남사면과 북사면의 기후 환경은 큰 차이를 보이며, 산의 하단부와 꼭대기는 기온 차이가 큰데 대략 해발 고도 100m 상승함에 따라서 기온은 0.76도 정도가 내려간다. 해발 700m의 산이라면 산 아래와 산 위쪽에는 5도 정도의 기온차가 날 것이다. 산지 지형에서는 여러 요인에 의해 기후환경이 다르게 나타나며, 이로 인해 토양의 조건과 다양한 식물 분포가 발생한다.

우리나라 국토는 남북으로 길게 이어져 있어서 남쪽과 북쪽은 큰 기온차이와 바람과 강수량의 차이가 발생한다. 우리나라에서 강수량이 제일 많은 지역은 금강산 및 한라산 지역이고 강수량이 적은 지역은 대구, 경주, 포항 지역이다. 강우량이 많은 지역에서는 겨울철 많은 강설이 나타난다. 초겨울에는 북서풍에 의해 호남 서쪽지역에 눈이 많이 내리고 겨울 북풍이 불면 중부내륙지역에 많은 눈이 내리다가 늦겨울이나 이른 봄 북동풍이 불면 영동지방에 폭설이 내린다.

내륙지방의 길고 추운 겨울로 인해서 집이 사각형의 겹집이 지어 졌고, 따스한 남부지방에서는 다각형 "ㄱ" "ㄷ" 건축형태의 멋진 한 옥이 지어졌다. 눈이 많이 내리는 울릉도에서는 추녀 끝에 울타리 가 처져 있는 우대기 집이 있다. 우대기 집은 눈이 많이 오면 외부 출입이 불가능하기 때문에 집 안에 마구간, 장독대, 부엌이 있어서 겨울 동안 집 안에서 살 수 있는 특이한 구조이다. 보통의 집들은 외부에서 방문을 열고 방안으로 들어가는 구조이지만 울릉도집의 출입문은 외부로 열리는 것이 아니라 안쪽으로 열리게 되는데, 이 는 외부에 눈이 지붕 위까지 쌓이게 되면 절대로 문이 밖으로 열리 지 않기 때문에 안쪽 방향으로 문을 열고 외부 눈을 뚫고 외부로 나 갈 수 있는 구조로 만들었다.

바닷가는 해수 영향으로 연평균 기온차가 적은 반면에 양평, 제 천, 홍천 같은 내륙지역은 여름에는 덥고 겨울에는 추워져서 연평 균 기온차가 대단히 크게 된다.

사람은 한겨울 실외에서는 2시간 이상 버틸 수가 없고 여름철 무 더위도 마찬가지로 위험요소이다. 지구상 어떤 지역이든 인간은 비를 피하거나, 뜨거운 햇빛과 강풍, 그리고 추위를 피하기 위해서는 집이 있어야 할 것이다. 북극지방은 물론 동절기 온대지방에서도 집이 없다면 인간은 하룻밤 지내기가 어려울 것이다.

건물 표면적에 비해 실내 공간이 최대가 되는 주거형태는 원형구조이며, 이 형태는 최소의 자재로 최대의 실내면적을 갖게 된다. 원형구조가 제일 견고한 골격이 되고 그 다음이 정4각형, 직4각형, 다각형(ㄷ자형)의 집 구조가 된다.

건축물은 바닥면적에 비해 표면적이 크게 되면 재료가 많이 들어가게 되고, 냉/난방에서 불리하게 된다.

대형건물일수록 효율성이 좋다. 하지만 나무 위에 집을 크게 지으면 하중과 풍압에 견디기 힘들 것이다. 나무 위의 집은 가벼우면서 작은 집이어야 할 것이다. 집이라기보다는 오두막이나 쉘터 분위기가 나는 형태가 좋을 것이다.

### 4. 설계

가급적 허가 된 설계도 대로 건축을 해야 하지만 트리하우스는 아직 정립된 기본 폼이 없고, 나무 위의 작업은 예상하지 못한 상황이 발생하기 때문에 초보자들은 설계 변경을 할 것을 염두에 두고 기본 설계를 하고, 건축을 완공 후 설계 변경을 한다.

우리나라에서는 큰 나무가 없기 때문에 트리하우스 바닥과 나무 또는 지면에 보조기둥을 설치해야 한다. 트리하우스에서는 단열,

차음, 차광보다는 내진, 내풍 등 하중에 견딜 수 있게 보조기둥을
설치해야 한다. 계단 및 사다리도 보조 기능이 가능하게 설계 시공
해야 한다.

### 5. 공사

트리하우스 건축할 예정 부지는 주변 잡관목을 제거해서 부지 전
체가 시야에 들어오게 한 다음 봄 여름 가을 겨울 동안 지형의 특성
과 계절의 변화 등을 장시간 관찰한다. 주변에 야생화가 있는지, 특
수한 나무가 있는지를 정확하게 기록해서 활용하도록 한다. 좋은
나무를 구입해 식재하는 것보다는 그 지역에서 장기간 적응한 생
물을 잘 키우는 것이 열 번 좋다.

큰 나무는 가급적 베지 말고, 절토면을 최소로 하여 공사를 한다.

공사 시기는 3, 4, 5, 6월은 비가 오지 않아서 가장 좋으며, 가을
9, 10, 11월이 좋으나 봄이 해가 길어서 좋다. 건축 공사는 16주에
끝내는 것이 좋다.

### 1. 길

4차선 도로나 2차선 지방도에 인접해서는 일정 면적 이상의 신규 시설물을 설치해서는 안 된다. 이 경우 진입을 위한 감속 차선과 가속 차선을 개발업자가 설치해야 하는데, 많은 비용이 소요되기 때문에 큰 문제가 발생된다. 또 산은 대부분 맹지여서 진입로가 없다. 다중이 이용할 건축물로 시작한다면 진입로는 반드시 폭 4m 이상이어야 한다.

### 2. 전기

주택용 전기보다는 사업용 전기를 신청해야 한다. 우리나라 전기는 일반적으로 220v 330v 두 가지가 있는데, 양수기 등 전기를 많이 사용하면 220v 330v를 동시에 신청한다. 전기는 볼트가 높을수록 전기 효율이 좋고 기계의 고장이 없다. 전기 배선은 토목공사 시에 지중화 배선선로를 매립한다. 전기는 허가 구역내 한 개의 계량기만 설치되기 때문에 계량기는 중앙에 위치해야 한다. 전기는 기본요금이 있기 때문에 적당하게 신청해야 한다. 요즘 캠핑객들이 전기장판과 냉장고까지 휴대하기 때문에 전기는 충분하게 설치해야 한다. 데크 사이트 당 한 개씩 배전판이나 방수 콘세트가 있으면 좋다. 야영장에서는 400w 이상인 전기기구는 사용을 제한해야 한다. 20데크 사이트면 10kw 전후면 적당하다.

데크 및 야간 조명 이외에도 알전구를 많이 사용하므로, 오수합동 정화조는 1년 내내 전기가 들어간다.

트리하우스의 난방은 가벼우면서 동파 위험이 없는 전기장판이 효과적이고, 전기장판 코드는 대부분 전기장판의 오른쪽에 있으므로 내부 전기 공사시 참고해서 콘센트 위치를 정한다.

에어컨파이프(호스)는 에어컨의 왼쪽에 있고 전기 콘센트는 오른쪽에 있다. 전등 스위치는 출입문을 열고 들어가서 오른쪽 벽에 설치하는 것이 좋다.

건축 설계시 동선을 고려한 전등과 스위치 콘센트 위치와 개수, 전기장판의 프러그 위치를 설정한다.

### 3. 물(상수도)

대도시에는 광역 상수도 시설이 되어 있고, 지방에는 상수도 시설이 되어 있다. 이런 시설이 안 되어 있는 지역에서는 자가 상수도를 설치해야 한다. 물은 주거에 있어서 필수 불가결하기 때문에 반드시 있어야 하며 수량과 수질이 좋아야 한다.

가정용 수도 꼭지에서 나오는 물의 양은 한 시간에 700리터이고, 하루 동안 열어 놓으면 15톤 정도이다. 가정용으로는 하루 동안 3-5톤 정도면 되고, 다중이 사용하는 물의 양은 20ton/day 이상은 되어야 한다.

자동펌프에서 직접 사용하는 직수방법과, 3톤 이상의 물탱크에 저장하였다가 사용하는 방법이 있다. 저장 물탱크는 지상에 설치하는 방법과 지하에 설치하는 방법이 있다. 물탱크는 지하에 설치하면 동파 위험이 없고, 지면 활용도와 미관상 좋다.

지하 수위가 35m 이상이면 자동펌프를 사용하고, 그 이하 지하 200m 전후의 지하수는 수중펌프로 펌핑을 해야 한다. 자동펌프는 가격이 저렴하고 전력 소모가 적다. 암반수를 뽑아 올리는 수중모터는 가격이 고가이면서 수리가 불가능하고, 1kw 이상의 전력을 소비한다. 당연히 암반수 설치비용이 880만 원 정도로 10배 정도 요구한다. 지하 100m 정도의 지하 암반수는 식용수로는 적합하지만 대부분 생활용수로는 부적합하다. 비누거품이 잘 안 일고, 삼푸가 잘 안 되고, 빨래가 누렇게 되며, 변기가 누렇게 변하기도 하는데 지하 암반수에는 철분 등 광물질이 많아서 그렇다. 지하 200m 이하이면 미네랄, 또는 광물질이 많아지기 때문에 음용수로 부적합하기 때문에 사용하지 않는다.

다중이 사용하는 장소에서의 식수는 매년 음용수로 적합한지를 검사해야 한다. 캠핑장은 생활용수 소비가 많은 장소라서 암반수와 건수, 두 개의 수도 라인을 설치하는 것이 좋다.

암반수를 사용하는 수중 모터가 고장이 나면, 전문 기술자 3명이상이 있어야 지하 100m에서 모터를 끌어 올려 교체를 할 수 있다. 대부분 주말과 시즌 등 방문객이 많을 때 고장이 발생한다. 상수도 파이프 라인은 동결심도 이하로 매립해야 한다. 중부 산간지역은 1.5m 이하로 매립해야 동파되지 않는다.

　수도 관정에서 주방, 화장실, 샤워장 등으로 가는 수도 라인 중에 지하 터미널을 만들고 거기에서 수도 라인의 드레인 밸브를 설치한다. 겨울철 일시적으로 사용을 하지 않은 경우 수도 전원을 차단한 상태에서 수도꼭지를 전부 열어 놓은 다음 지하수도 터미널 드레인 밸브를 열면 물이 다 빠지게 된다. 화장실과 샤워장의 물은 자동 펌프라인으로 물을 공급하고, 주방의 물은 암반수(수중모터)를 연결한다.

　한쪽의 모터의 고장시에 우회하여 연결할 수 있는 우회 수도 연결 터미널을 만든다.

　식수는 직수로 사용한다. 샤워용이나 주방에 사용하는 물은 물탱크 물을 사용하면 일정한 수압이 유지된다.

## Section 04 트리하우스 만들기

---

### 1. 트리하우스 골조

일반 건축물은 단단한 지면 위 평탄작업과 단단하게 기초작업을 하고 건축에 들어간다. 트리하우스는 살아있는 나무 위에 2.4m 이상의 지점에 건축을 하기 때문에 터파기나 기초작업이 생략된다. 트리하우스는 지면 건축보다 건축 재료와 사람, 눈의 무게로 인한 수직하중에 부담이 한곳으로 집중되기 때문에 두세 그루의 나무에 하중을 분산하거나 보조 기둥을 세워야 한다.

나무가 약하면 주력기둥은 철근 콘크리트로 세우고 나무를 보조기둥으로 하는 방식도 있다. 이 경우 철근 콘크리트 주력기둥(main post) 안쪽에 전기선, 상수도, 하수관을 매립하면 견고하고, 미관상 좋다. 이 경우 보조기둥(serve post)인 나무에 하중을 최소로 한다.

주력기둥은 땅속 2m 이하로 묻히게 하고, 땅속으로 매립되는 부분은 굵게 하고 위쪽으로 올라갈수록 가늘어져서 자연스러운 나무처럼 구부러지게 한다.

철근 콘크리트 주력기둥에는 생태 녹화를 해서 자연감을 준다. 담쟁이덩쿨은 성장이 빠르고 피복이 잘 되지만 낙엽이 지면 철근 콘크리트 주력기둥이 보이는 단점이 있다. 줄 사철나무는 성장도 빠르고 상록수라서 주력기둥 생태피복으로 적합하다. 그 외 줄기식물로 능소화, 찔레나무, 줄장미, 다래, 머루덩쿨을 활용할 수 있다.

바람은 트리하우스의 수평 횡압은 물론 상승압도 발생하게 된다. 지진의 경우에는 무질서한 수직 수평력이 발생하게 된다. 트리하우스는 다양한 힘에 의해 처짐과 변환이 생길 수 있으므로 강한 구조가 요구되고 연결부의 완벽한 고정이 필요하다.

① 지진: 지진지역2 - 강원도 북부, 전라남도 남서부, 제주도
　　　지진지역1 - 지진지역2를 제외한 전지역.
② 적설: 울릉도와 대관령 지역은 7.0KN/㎡의 적설하중이며,
　　　강릉 3.0KN/㎡ 그 외 지역은 0.5KN/㎡이다.
③ 풍속: 우리나라 울릉도, 포항, 오천 등의 해안 도서지역은 45m/sec, 그 외 전국 해안지역의 풍속은 40m/sec이고, 전국 평지는 30m/sec, 산간지역은 25m/sec이다.

## 2. 바닥

다중이 이용하고, 특히 어린아이들은 뛰기 때문에 방바닥을 견고하게 설치해야 한다. 21mm 바닥용 OSB 판재와 프레임 설치가 필요한데, OSB는 합판이기 때문에 이음매 연결부분 아래에 반드시 각재를 설치해서 움직임이 없도록 한다. 트리하우스 바닥 마감은 모노륨 장판이 관리가 용이하다. 바닥 단열재는 하드-스티로폼이나 아이소핑크를 사용하는데 아이소핑크는 물이 스미지 않는 특징이 있다. 폴리우레탄, 열반사단열재는 값이 싸고 얇고 작업성이 좋다.

트리하우스 바닥 골조는 38mm×89mm×3,600mm 구조재용 각재(장선:2바이4)를 사용하며, 장선(각재)간격은 310mm 또는 650mm 이내로 한다. 바닥 덮개는 나무판재나 15.5mm 이상의 OSB판재로 한다.

벽체와 바닥에는 단열재(스티로폼, 열반사단열재, 그래스 울, 양모, 아이소핑크 등)를 시공 후 방습포 또는 장수비닐을 한 겹 돌려준다.

### 3. 벽체

지표면에서 높아질수록 바람의 속도가 빨라진다. 나무 밑 보다는 나무 위의 풍속이 강해지기 때문에 바람과 지진 등 횡방향에 저항할 수 있도록 벽체는 최소로 하고 지붕 모양은 단순하게 해야 한다. 산간 골짜기는 비바람의 방향이 일정하게 불어오는 방향이 있다. 바람의 방향을 고려해서 지붕 박공 방향을 고려해서 설치한다.

트리하우스 벽체 골조는 구조용 각재(2바이4; 38mm×89mm)를 밑깔도리를 바닥에 깔고 수직으로 구조용 각재 사이를 380mm 또는 610mm 간격으로 배치한다. 구석에서 벽면이 교차하게 되는데 두개 이상의 구조용 각재가 겹치게 한다. 벽체 상부에는 이중 구조재를 사용한 위깔도리(처마도리)를 수평으로 설치한다.

창문 개구부 아래쪽은 하인방, 위쪽에는 상인방을 설치하며 구조용 각재를 사용한다. 창문 개구부는 기성품 창문 주문이나 설계 규격보다 1센티미터 크게 창문자리를 만든다. 내벽작업 끝나면 창문 설치 시 하단에 쐐기로 높이 조정하면서 수평 고정한 후에 폼 작업을 한다. 창문은 고가이다. 건축재 중에 문이 고가이면서 무게도 많이 나간다. 또한 유리를 만드는 과정에서 유리 무게의 2.7배 정도의 이산화탄소가 배출된다고 한다. 트리하우스 창문은 가격이 저렴하면서, 가벼우면서, 시공성이 뛰어난 렉산을 사용하면 좋다.

### 4. 출입문

트리하우스 특성상 출입문은 작게 만든다. 산속에는 모기 등 해충이 많을 수 있으므로 도시보다 좀 더 촘촘한 방충망을 시공한다. 출입문에 시원한 바람이 들어오는 통풍 기능 및 벌레의 침입을 방지하는 방충출입 덧문이 필요하다.

### 5. 창문

햇빛은 실내 밝기, 환기, 온도 유지에 중요하다. 바이러스는 햇빛에 20분 노출되면 사멸되기도 하듯이 살균기능도 있다. 동절기에는 햇빛은 여러 가지로 중요하다. 여름철에는 햇빛은 지붕 위로 지나가야 하고, 동절기에는 창문을 통해 집안 가득 들어오게 한다.

집의 남서쪽에 활엽수가 있다면 여름 한낮의 뜨거운 햇살을 막아주는 녹색커튼이 되고, 낙엽이 지는 겨울에는 햇살이 집안 가득 들어 올 것이다. 북쪽에는 상록수나 침엽수가 위치하는 게 좋다. 트리하우스는 숲에 있고 비음도가 높아서 실내 습도가 높아지기 때문에 습도에 유의해서 햇살이 집안 가득 들어오게 한다. 주거 습도는

60%, 실내 온도는 남자는 22도C, 여성은 23−24도C 정도의 실내 온도가 쾌적하다.

창문은 바닥면적의 1/10 정도로 하는데 트리하우스는 쾌적한 바람이 소통해야 하기 때문에 맞바람이 통하게 양쪽 면의 문이 동시에 열리게 하면 좋다. 출입문 반대쪽 창문을 들창으로 하면 바람의 통행이 자유롭게 된다. 날씨 좋은 날의 바람은 오후에는 산 위로 불고, 해지면 산 위에서 골짜기 계곡 물길을 따라 아래로 지나가기 때문에 창문이나 출입문의 위치를 바람길과 같은 방향으로 설치해야 한다. 창문 유리 대신에 지붕재로 사용하는 렉산을 이용한다. 렉산은 유리보다는 투명도는 떨어지지만 저렴하고, 가볍고, 가공성이 좋아서 직접 시공하기 좋다.

## 6. 지붕

지붕의 구조는 박공지붕, 외쪽지붕, 모임지붕 등이 있다. 트리하우수 지붕은 구조용 장선을 610mm 간격으로 설치한다. 지붕의 경사도는 13도 이상으로 하며, 경사도 23도 이상이면 지붕 위에 서 있을 수가 없어서 공사가 힘들어진다. 지붕의 재료는 나무너와, 기와, 아스팔트싱글, 철재 함석인 칼라강판, 투명 렉산이 있는데 시공성과 경량화, 내구성을 고려해야 하며 칼라강판을 추천한다.

지붕 상부의 무거운 하중을 줄여야 한다.

싱글(단열재 osb 방수시트 테두리 후레슁 아스팔트 싱글 작업)작업 전에 전기 배선을 해야 한다. 지붕 전기공사까지 끝내고 외부와 내부 벽체 사이에 인터넷 통신선 등 전기 작업을 해야 한다.

트리하우스 내에는 화장실, 샤워장, 취사장 등을 설치하기엔 공간이 부족하다. 다중이 사용한다면 공동화장실, 공동샤워장, 공동취사장이 유리하다.

화장실, 샤워장, 취사장에는 온수가 필수이다. 산속에서는 기름 전용 온수보일러를 설치하는 게 유리하다. 기름 전용 온수보일러는 온수량이 많고, 가격이 저렴하고, 설치가 용이하며, 고장이 적다.

변기가 만들어진 시기는 2천년 전부터 사용했다고 한다. 변기는 대변기, 소변기가 있다.

대변기는 양변기와 화변기가 있다. 화변기는 쪼그려 앉아서 일을 보는 방식인데 요즘은 사용하지 않지만 고속도로 휴게소에 가끔 있다.

양변기도 분리가 된 투피스 형과 일체형인 원피스 타입과 비데일체형 양변기가 있다. 투피스 양변기는 가격이 저렴하고 설치와 수리, 청소가 용이하지만, 물 사용량이 많고 물을 내릴 때 시원하게 내려가서 소음이 크다는 단점이 있다. 원피스 양변기는 일체형이라 디자인이 깔끔해서 청소가 편리하고, 물 내려가는 소리가 적은 반면에 수세력이 약하다. 원피스 양변기는 호텔이나 주택이 적합하고, 다중이 사용하는 공간에서는 투피스 분리형 좌변기가 좋다. 다중이 사용하는 곳에서는 휴지 외의 물건을 넣어서 변기가 막히는 고장이 자주 발생한다. 어린이용 좌변기가 있는데 이용 빈도가 적고 비싸다.

남자용 소변기에 웅취와 더불어 오줌을 흘리기 때문에 요산 냄새가 심하게 난다. 남자용 소변기는 자주 청소를 해야 하기 때문에 관리가 용이한 외부에 별도로 설치해서 수시로 물청소를 할 수 있도록 공사를 해야 한다. 오폐수가 합쳐서 정화조로 들어간다. 요즘 오수합동 정화조는 항상 공기로 정화조 내로 불어 올리기 때문에 냄새가 많이 나서 정화조 공기 배출구를 멀리 유도하고 공기배출기를 설치해야 한다.

오수가 최후로 배출되는 방류수 쪽에 고무 덮개를 설치하고 공기 배출구에는 가스배출기를 설치하면 좋다.

정화조는 허가 면적에 관계 없이 한곳만 설치가 가능하다.

### 8. 난방

트리하우스 난방은 전기판넬이나 저렴한 전기장판으로 한다. 보조 난방으로는 전기 라디에이터를 사용한다.

## 숲에서 행복하기

숲에서 행복하기 위해서는 지속적인 수익이 발생되어야 한다. 실버들 상대로는 돈이 안 된다. 주 고객이 작은 왕자나 소공주님이 되어야 한다. 숲 이용료가 저렴해서 많은 사람들이 오면 당연히 쓰레기 발생이 많아지고 혼잡해져서 숲의 질이 떨어지게 된다. 숲에는 고요함이 원칙이다. 퀄리티 있는 소수의 캠퍼들이 단골이 되어야 한다. 나의 고객은 유치원에서 초등학생들이 주요 고객이다. 이들이 성장하면 다음 세대들과 함께 올 것이다. 인간은 도시에서 건강할 수 없다. 매일 먹는 야채만큼은 유기농으로 직접 생산해서 먹어야 한다. 유기농채소를 3개월만 먹어 보시라! 월등하게 달라진 체력을 경험할 것이다.

최고의 건강식품을 하나만 꼽으라면 당연히 표고이다. 매년 산에 지천으로 널려 있는 한두 그루의 나무를 겨울에 잘라 표고종균을 넣으면 좋은 표고를 언제나 먹을 수 있다. 거기에 명이나물, 오미자, 두릅, 더덕을 조금만 심으면 언제든지 신선한 음식을 먹을 수 있다. 산에서 꿀벌을 키우시길 권한다. 여러 가지로 꿀벌은 유익하고 사람을 건강하게 만든다. 산속에서 키우는 벌은 산벌이고, 산에서 나오는 꿀은 산꿀이며 유기꿀이 되는 것이다. 숲속 생활에서 꿀이 있으면 언제나 달콤해진다. 꿀벌도 사회적 거리가 필요한데 최소 반경 500m이다. 이산 저산 양지쪽에 꿀벌통을 5군씩이하로 놓아두면 가을에 달콤한 진짜 꿀을 맛볼 수 있다. 신라 때 최고의 선물은 꿀이었다. 2009년 태안 마도해역에서 출토된 음각고려청자는 우리나라 최고의 청자인데 이 청자는 꿀을 담은 꿀병이었다. 산속 오두막 추녀 밑에 꿀벌을 키우며 아침 일찍 꿀벌이 드나드는 모습은 언제 보아도 신기하다.

처음에는 트리하우스와 나무텐트를 친구나 가족을 위한 게스트 공간으로 만들었다. 점점 더 많은 분들이 오던 중 친구 한분이 인터넷 트리하우스 홈페이지를 만들어 주며 야영장을 운영해보라 해서 시작했는데 운영이 잘 된다. 산골이라 외부 인력을 구하기 어려워서 자가 노동력으로만 운영을 해야 하기 때문에 하루 12팀만 예약을 받는다. 그동안 도와주신 많은 분들에게 감사드린다. 숲에서 행복하기 위해서는 일터와 쉼터가 있어야 한다.

# 트리하우스
숲에서 행복하기

지은이 | 서경석
펴낸곳 | 마인드큐브
펴낸이 | 이상용
책임편집 | 맹한승
기획 | 피뢰침
디자인 | 너의오월(홍원규)

출판등록 | 제2018-000063호
이메일 | mindcubebooks@naver.com
전화 | 031-945-8046
팩스 | 031-945-8047

초판 1쇄 발행 | 2022년 9월 19일

ISBN | 979-11-88434-64-0 03810